D－黒《くろ》い来訪者《らいほうしゃ》

吸血鬼ハンター35

菊 地 秀 行

朝日文庫

本書は書き下ろしです。

目次

イラスト／天野喜孝

第一章　過去からの宣言

1

雨の窓際で頬杖をつきながら、エマはまだ光を残した灰色の世界を見つめていた。

今日はいつもより時間《とき》の流れが早く感じられる。いや、ここひと月――毎日そうだ。しかも、一日ごとに早まっている。

覚悟はしていたが、いざとなると少し怖い。だからといって、どうしようもないのはわかっていた。つくづく肝の据わらない女だと、時折、溜息が出てしまう。

背後に気配が生じた。

召使いが、注文したワインを運んで来たのだ。

黄金のトレイから黒檀の小テーブルへ置かれる緑の瓶とクリスタル・グラスを無視して、

「あと何日？」

太い男の声が、

「六日でございます。正確には六日目の午前零時ちょうどにいらっしゃいます」

数字は異なるものの、何百回と繰り返した問いである。何と少ない時間。

「外へ出るわ」

「雨でございますが」

「大したことはないわ」

「承知いたしました」

「ひとりで行くわ」

「承知いたしました」

召使いは絶対に逆らわない。

外出用の身仕度を整えて階下に下りると、雨具を手にした召使いが待っていた。

例によって、ありがとうのひと言もなく、エマはレインシューズを履き、防水コートを着て外へ出た。

コートを雨が打つかすかな衝撃と音は久しぶりの心地良さだった。

屋敷を出て、整備された小路を西の森へ向かった。

ねじくれた木立ちの間へ入ると、葉ずれの音が世界と聴覚を埋めた。雨が当たっている。

西の森は、グスマン村における危険地帯のひとつである。夕暮れ以後はもちろん、昼さえも人の出入りはほとんどない。分け入るのは、失踪者の捜索隊がせいぜいだ。

老樹蛇走して獣さえ足を取られそうなその中を、エマは注意しいしい覚束《おぼつか》ぬ——しかし、生き生きとした足取りで歩いた。表情にも生気が溢れている。

森へ入って十数分か。小降りな雨の中で、前方の木陰から現われた四つばかりの影は、はっきりと見えた。

森に棲息《せいそく》する獣ではない。人間だ。棲息は当たっているかも知れない。官憲に追われて、巨木の洞《うろ》や洞穴の中に逃亡する犯罪者は少なくないのだ。

近づくにつれて、ボロをまとった人の形は一層はっきりとして来た。

足を止めたのは、黒い染料を塗った顔立ちがわかる距離であった。にやついている。

「どなた？」

エマは優しく訊いた。

男たちの表情が崩れた。相手は小娘だ。怯《おび》えるどころか腰を抜かしても不思議はない。それが、この反応だ。この美少女は少しおかしいのではないか。

「そう訊かれると困るな」

一歩前へ出たリーダーらしい男が苦笑を浮かべた。

「見ればわかる——とも言えねえしな。あんた、あの一軒家に住んでる娘さんかい？」

「よくわからないわ」

男たちの表情は、驚き、怒り、呆気《あっけ》の順で変わった。まず、びっくりし、次に舐《な》めるなよ、と思い、最後に本気の返答だと納得したのである。

「あんた──名前は？」

とリーダーが訊いた。

「エマよ」

「なら、エマちゃん、悪いがおれたち腹が減ってるんだ。食いものを買うには金がいる。恵んでもらいてえんだが」

「お金を？」

「そうだ」

「困ったわ。私──持っていません」

「そうかい。なら、そのイヤリングやネックレスをくれや。そんなでかいダイヤや黄金を見たのははじめてだ」

「それは──」

エマは黄金のネックレスに手を触れ、困った表情になった。

「困ります。私のじゃありません」

「なら、おれたちが貰《もら》っていっても問題ねえやな。ついでに、姐《ねえ》ちゃんもよ」

エマの無表情な美貌が、はじめて別の翳《かげ》を刷いた。

「やめて――このまま帰って下さい」

男たちは、それを単純に、怯えと取った。

リーダーが右手をのばした。その先にエマのネックレスがかがやいている。

触れる前に指は止まった。

エマの背後から、三メートル近いケープ姿の巨漢が割って入ったのである。

男たちは当然、呆然となった。

しなやかな少女の背に、どうやって隠れていたものか、見当もつかなかったのだ。

エマの姿は隠れて見えない。

禿頭《とくとう》の巨漢は青い上衣のハイカラーから、数条のチェーンを垂らしていた。

それが黄金だと知っても、男たちの驚きは消えなかった。恐怖の色が薄いのは、それなりの相手に慣れているからだ。

リーダーは大きく一歩下がって、

「やっちまえ」

と言った。邪魔者との問答は無用だった。

左右の二人が四〇センチもある大刃の山刀を抜いた。

刃だけは磨かれているが、他の部分には赤黒いものがこびりついている。乾いた血だ。

ものも言わずに二人は突っかけた。

体重と膂力《りょりょく》に熟練を加えた一撃は、躱《かわ》そうともせず仁王立ちになった巨漢の首のつけ根から胸骨柄までを切り抜き、そこで交わるはずであった。

その寸前で刃は止まった。巨漢の肉が万力のような力で、圧搾《あっさく》したのである。

巨漢がわずかに身を捻《ひね》った。男たちは吹っとび、背後の立木の幹に叩きつけられた。貼りつき状態で、落下しないことが、その衝撃の凄まじさを示していた。それも数瞬。ふわりと前のめりになった身体を光るものが貫き、今度こそ男たちを木立ちに縫いつけた。光は男たちの山刀であった。巨漢がもうひと捻りで刃を弾きとばしたことを、他の連中が気づいていたかどうか。

「化物があ」

リーダーはそれでも落ち着きを保っていた。それなりの用意があった。背負った飛炎火砲である。

拳が楽に入る砲口の奥には、飛翔炎弾が詰まっている。威力は〈東部辺境区〉の石人《せきじん》の破壊で保証済みだ。

後方の少女は惜しいと思ったが、巨漢のやり口から見れば、殺すか殺されるかしかない。

リーダーは短い引金《トリガー》を引いた。

飛翔炎弾はその名のとおり、一〇メートルの距離を飛び、巨漢の胸に吸いこまれた。〇・一秒で七千度の炎が巨漢を灼《や》き尽し、〇・二秒で四散させる。

炎が巨漢を包んだ。

爆発も生じた。

リーダーは眼を見張った。

四散したのは炎のみであった。

傷ひとつつかぬケープ姿の前に、エマが立ち塞がった。

「やめて――これ以上の殺人はもう」

その肩を摑《つか》んで脇へのけた巨漢の動きは、ひどく優しかった。

後は猛獣であった。

巨漢の疾走から男たちが逃亡し得なかったのは、その速度ゆえであった。

一歩出た――と見えた刹那、男たちの首はきれいに飛んでいたのである。

それが彼方の草むらへ落下する前に、エマはその場に膝をつき、溜息をついた。長い吐息であった。この少女の身体は絶望の竪穴に首まで埋もれているのであった。

「何度も頼んだわ。何度も。これ以上、人は殺さないでって、何度も――」

声の端はエマの身体の何処かに吸いこまれていくように消えた。

なおも血を噴きつづける死体へ眼をやった。自分が原因で生命を落とした者たちへ送る唯一の葬いであった。

世界が急に翳った。雨音が鼓膜よりも身体を強く叩いた。

「ゴーラ」

ふり向いた。

巨漢の姿は何処《どこ》にも見えなかった。


家へ戻っても、空気の色は変わらなかった。

風景だけが変わっていた。

鉄門の前に、古びたスーツケースを提げた防水コート姿の娘が立っていたのである。

帽子もコートもその下の上衣とスカートも、ひどく派手な色彩が雨空に挑んでいたし、勝気そうな顔立ちは、いまにも雨に噛《か》みつきそうに見えた。

エマが道の端から見つめていると、娘もすぐに気がついた。

帽子に乗せたハンカチに手を当て、走り寄って来た。ブーツの泥はねは、地所の端から続く石畳の道の、さらに外からやって来たことを物語っていた。

「あなた――エマ・グリーン？」

足を止め、スーツケースを両手に持った笑顔には、少しの邪気もない。世界が少し明るくなったような気が、エマにはした。

「ええ」

うなずいた。胸の何処かに生々しい死者のイメージが残っていた。

「あたし、ベネッサ・マーシュ。村の出身よ。〈都〉の学校へ行っていたんだけど、戻って来たの」

　エマの脳の何処かで記憶が形を取った。

「知ってる。村が出来て以来の神童さんね。〈都〉でも〝黄金〟コースを歩いたと聞いたわ」

　エマの声は少し曖昧《あいまい》である。

〈都〉で学ぶには幾つもの方法があるが、誰もが理想とするのは、小、中、高、大と一貫して〈教育殿〉で学ぶ〝黄金〟コースである。

　学費は一切免除、全国の俊英が集う入殿希望者の中から選抜試験を受けた一〇〇名のみがその門をくぐれるエリートの道は、八割の脱落者が語るがごとく〝地獄〟でもあった。精神的肉体的限界を遙かに超えるカリキュラムは、サディストによる単なる殺人コースとも揶揄《やゆ》されるが、それを超える俊英も確実に存在し、〈都〉の運営に関わっていった。

　それだけに、身につけた知識やその習得の過程で得た学者以上の資格を生かす道を選ばず故郷へ帰るなどという行為は、ほとんど敗残者のものであり、エマの言葉の曖昧さもそれに由来した。

「違う」

　娘――ベネッサは照れたように笑いながら、しかし、きっぱりと言った。

「そんなの伝説よ。あたしは十五で村を出て〈都〉で働きながら、十九で〈教育殿〉の一般公募試験を受けて〈大学殿〉に入ったの。これが真実――。ね、お宅下宿させてくれるんですって？」

すっかり忘れていた言葉に、エマは少し驚いた。

「――ええ、でも」

「男は厳禁だけど、女ならオーケイって聞いたわ。ね、あたしどうかしら？」

「あの――他にもお部屋なら」

「駄目なのよ、それが」

ベネッサは、きっぱりとかぶりをふった。

「ここがいちばんいいの。あたしがやりたいことってね、あなたの研究なの」

やっぱり、という気持ちが胸の中でゆらめいた
「――貴族に咬《か》まれてもいないのに、貴族に魅入られた、あたしと四つ歳下の女の子をね。ねえ、あと一週間ってホント？」

好奇心丸出しの声と表情の中に、かすかな同情をエマは感じた。

うなずいたのは、そのせいかも知れなかった。

「そうです。六日目の夜に、〈彼〉が迎えに来ます」

「助けてあげる」

「え？」

「絶対に助けてあげる。だから、部屋代はロハにして」

「それは――」

この娘は本気なのだろうかと疑いつつも、エマはその言葉に片手をかけた。明るい丸顔が、今度は生真面目に見つめている。

「いいえ」

と首をふった。

「部屋は貸せません。村へ戻って下さい」

ベネッサの、はて？　という表情が、急に開けた。

「いい加減、嫌《や》にならない？　三つのときからおかしな婚約者につきまとわれてる人生なんて」

ベネッサは上体を捻って屋敷の方を向いた。

「――でも、こんなお屋敷で、少なくとも物質的には何不自由なく暮らせるなんて――〈大学殿〉の仲間が聞いたら、噴飯ものよ。ね、いいでしょ？」

伺うというよりも、念を押すような口ぶりに、エマは溜息をついた。

「いいわ。どうせ――」

「一週間きりだって？」

ベネッサは、にやりと笑った。自信に満ちた不思議な笑みであった。

奇怪な運命を知って以来、決して感じたことのない二つの感情が、エマの胸中でせめぎ合い、やがて、

「入って下さい」

深々とうなずいて、エマは家の方へ歩き出した。

家に近づくにつれて、二つ目の感情——不安が湧き上がって来た。そこへ——

「大丈夫よ。大船に乗った気でいなさい」

そのひと言が、もうひとつの感情——恐怖を押しやり、三つ目——希望が、白い顔をかがやかせた。

2

ヴラドルフは〈北部辺境区〉の西端に属する寒村である。

農耕地や河川に恵まれ、村を取り囲む森の深さは尋常ではない。

だが、年間三万人の観光客が訪れる理由は、風光の明媚《めいび》さに由来しない。北端の荒野にそびえる山壁によるものだ。

明らかに人工的な加工物と思われる滑らかな壁面は、縦横五〇メートル、二五メートルに及び、その中心に奇妙な物体が、ある一面をこちらに向けている。

上方の花崗岩《かこう》部に吊り籠《かご》を用意して調査に挑んだ学者や村人によると、

「横にした貴族の柩《ひつぎ》の底の部分である」

と結論され、さらに、

「この部分を剝《は》がせば、眠る者の靴底が見えるだろう」

貴族の柩という確信は、その山肌の壁面の処理にある。

滑らかな表面には、明らかに膜状の物質が貼られ、発見時から千年以上経過しても、あらゆる破壊の試みを無に帰せしめているのであった。

ツルハシや爆薬はもとより、〈都〉の軍隊によるミサイル攻撃も、熱線、冷却線等々、人間が駆使し得る兵器での攻撃は、すべて無効であった。ひび割れひとつどころか、汚れ一片つけられないのである。

貴族が残した遺跡には、おびただしい奇現象――怪異といってもいい――が認められ、この山肌の柩も、実はさしたる印象を人々に与えたわけではなかった。

それなのに観光客は押し寄せる。理由はひとつ――来るたびに柩はこちらへせり出しているのだ。

千年前から今日までの観察記録によれば、約九〇センチ。うち六〇センチはこの一〇〇年間の距離だ。だが、いかなる金属よりも硬い被膜に覆われながら、どうやって移動するというのか。物質の粘稠《ねんちょう》の有無も議論の焦点となったが、壁面の強度は少しの変化もなく、あらゆる破壊手段は、相も変わらず水泡に帰していた。

それでもなお、柩が不意に山肌の抱擁から解かれ、大地に激突するという劇的な見せ場は、いつ生じないとも限らない。観光客たちは四方から押し寄せ、そして、今日——誰もがあっと叫んで山肌の上方を凝視した。この日一日で、万を超す指がそれを差したはずである。柩がさらに五〇センチもせり出したのだ。

「今頃になって——何が目的だ？」

「ただの地震か何かあったんじゃねえのか？」

「そんなものは、この五〇〇〇年ねえよ。貴族の棺桶が動き出すなんざ、おめえ——目的はひとつさ」

「新しい餌食を求めて、だ」

「きっとそうよ。千年越しの美味しい獲物なんだわ」

「誰だか知らんが、不幸な相手だな。多分、いまは平凡に幸せに暮らしているだろうに——いきなり貴族の花嫁か。しかも、一方的な思い込みと来た」

そして、今日、人々は絶叫を放つ。

柩がまた動いた、と。

屋敷へ入るなり、

けに来たんなら、誰が礼をする？」

それは、村人の誰もが考えて来たことである。

戦闘士が無償の救出劇に応じるはずはない。報酬——それも貴族相手の大枚な——を提供した者がいるはずだ。何故かはわかる。村の生贄《いけにえ》ともいうべきエマを救うためだろう。だが、天涯孤独のエマを親でもない誰が救おうというのか。

この問題は、実はほとんど解決済みである。


「村の評議会？」

ベネッサの問いに、エマは首をふった。居間である。ベネッサは与えられた部屋での着替えを済ませていた。

「わからないわ」

「あなたのご両親は、あなたが六歳のときに山津波に襲われて亡くなってるし、親族はみな村を捨てて二千キロも離れた土地で暮らしている。たとえひとりだって、プロの戦闘士なんか雇ったら、小さな村くらい一発で財政破綻しちゃうわよ。ね、やって来た戦闘士って、ひとりじゃなかったんでしょ？」

「最高で一〇人のグループかな」

「だったら、ひとり千ダラスとして一万ダラス。わお、よね」

「でも、支払う前に、みんな死んでしまったから」

「凄いこと、あっさりと言うわね」

ベネッサは眼を剝《む》いて肩をすくめた。エマの表情がゆるんだ。

「やっと笑ってくれたわね。まだ人間だって証拠よ。村じゃあなたのこと、お化けみたいに言ってるわ。食事もしない、水も飲まない生ける屍《しかばね》だって」

ベネッサに遠慮はない。二人の手元には薔薇《ばら》の花びらを浮かべたティーカップが置かれていた。

「そんなことないのは、もうわかったでしょう。食料は村から定期的に届くし、手紙も時々来るのよ」

「へえ――手紙って何処から？」

「〈都〉の学者さんたち。ぜひ、会って話を聞かせて欲しいって」

「ＯＫしてるの？」

「昔はね。いまはみな断ってる」

「でも、来るんだ？」

「ええ」

「ねえ、差し支えないやつ見せてくれない？」

「それは……」

「ただの申し込み状でいいのよ、ね？」

ベネッサは両手の平を重ねて、頭を下げた。エマが、あら？　と洩らした。

「どうかして？」

「その仕草――昔、家へ来た学者さんがやってたわ。お願いの合図よね？」

「ずっと東の国では、みんなこうするそうよ。あたし、結構好きなの。ところで、その学者さんって？」

ベネッサの瞳の中で、エマの表情を逡巡《しゅんじゅん》がかすめた。

「あら」

ベネッサの耳にその時、チャイムが鳴り響いた。

「こんな雨の中を――郵便屋？」

「多分」

エマは立ち上がり、白いドレスの裾をひるがえして、玄関の方へ向かった。

顔馴染みの郵便配達係は、白髪頭からフード付きの防水コートをまとい、一通の手紙を手渡してから、

「あの娘《こ》来てるのかい？」

とエマの肩越しに、玄関の奥へ視線をとばした。

「知ってるんだ――いえ、知ってるんですか？」

「おお。村へ戻って来たとき、最初に会ったのがわしだからな。旅籠《はたご》より安い下宿ないかって訊くから、二、三教えると、ここの近くがいいって言うんで、ならいっそ、ここへ下宿しちまえよとけしかけた。確か、あんた昔――」

「ええ。ひとりじゃ辛かったもので。でも、今は」

エマは村の議会に呼びかけて、下宿人を求めたことがあったのだ。

「ああ、そうだな。余計なことしちまった」

眼を伏せる配達係に、

「いえ、大丈夫です。あの人には何も起こりません。それに、あんな明るい女性《ひと》はじめて。私まで染まりそう」

配達係は驚いたように眼を見張り、それから破顔した。眼の前の白い娘に差すささやかな光を、良しとしたのである。

「そうかい。そいつぁ何よりだ。うまくやんなよ」

「はい」

配達係の馬車が雨の中を遠ざかるまで見送り、エマは居間へ戻った。

ベネッサはいなかった。

何処へ？　という好奇心よりも、手紙への興味が勝った。一年ぶりになる。

差出人の名を読む前に、印字でわかった。〈都〉の貴族研究センターからだ。

まだ諦めていないのか。事情は知っているだろうに。何の手も打たない学問の殿堂からの質問の羅列だ。エマは封も切らずに屑籠《くずかご》へ放りこんだ。

ベネッサが戻って来たのは、一〇分ほど経ってからだった。

「どちらへ？」

「お屋敷の探索」

「どうだった？」

「住人の性格からして、途方もない貴族的仕掛けがあると思ったけど、何にもなかったわ。平凡な家ね」

「家はね」

エマは微笑した。苦笑ではない。翳を含む笑いであった。

ベネッサははっと、

「そんなつもりで言ったんじゃないわよ」

「わかってる。私以外はみんな普通なのよ」

「あなたがおかしいとは、ちっとも思えないけど」

「え？」

ベネッサは明るく笑った。

「――いいわ。次はその辺のところから教えて」

「いいわ」

エマは微笑を浮かべた。浮かべてから驚いた。自然に湧き上がって来たものだったからだ。

眼の前の娘を見ていると、雨音さえも気にならなかった。

3

「ひどい降りだな、村長さん」

正午に近い訪問者は、窓から眼を離して、テーブルの向うの白髪混じりの男に微笑みかけた。

噂どおり凶暴だが、どこかゆるんだ顔立ちは、窓際に立つ二人も同じだ。弟たちに違いない。

「この辺は雨が多い。まったくど田舎をうろつきたくはねえもんだな」

「よく来てくれた」

村長は悪態を無視した。

三人組は、おや？　という表情をこしらえた。自分たちをひと眼見れば、田舎の小村の最高責任者程度なら、雇い主という立場にいても青くなる。これまでずっとそうだった。ところが、こいつは落ち着き払っている。お体裁ではなくて、根っから肝が太いらしい。

「知ってるとは思うが、おれはデレク・ギャラモンだ。後ろの二人は長銃持ちがルーク、弩《いしゆみ》がベレタスだ」

「よく知っとる」

村長はうなずいた。

「用件も大体のところはわかっておるだろう。多分六日後あたりにやって来る貴族を斃《たお》して、村娘をひとり救って欲しいのだ」

「村外れのお屋敷に住んでる娘だな。噂には聞いてる。お安い御用だ――と言いたいが、もう少し話してもらおうか」

「うむ」

村長はテーブルに乗せた両手の指を組んで、記憶を辿《たど》るように眼を細めた。

「あの娘――エマ・グリーンがおかしなことを言い出したのは、三歳の誕生日だ」

と村長は話し出した。

「まだ健在だった両親に、いきなり、怖い人が迎えに来ると言い出した。両親が不安のどん底に突き落とされたのはわかるだろう。〈辺境〉では何でも起こるのだ」

数千歳の年老《ふ》りた貴族が、若い人間の娘に眼をつけるのは、ある意味、理に適っている。だが、数千年の時を経て、となると〈辺境〉でも珍しい現象の領域に入る。

未来にしか存在しない人間が、貴族に魅入られる理由は？

だが、解明はされずとも、この一種の、傍迷惑な恋物語は確実に存在する。

見ず知らずの貴族に幼少期から懸想される娘たちは、何も知らずに生まれ、成長し、突如として、その暗黒の運命に気づくのだ。

しかも、不気味なことに、何処に逃げようと、求婚者はやって来る。逃亡し得た例はない。例外はひとつ――自死のみだ。だが、それをも妨げるように、奇々怪々な運命が不幸な花嫁と周囲とに降りかかる。

込めた弾丸が発射できなかったり、首を吊ろうとしたロープが切れたり、投身した流れがその日のみ堰《せ》き止められていたり――だが、それよりも、運命に従順を要求する出来事があるのだった。

「エマは早くに両親を亡くしたが、生活の心配は一切なかった。奇怪な告白の翌日から、未来の黒い迎えの代償とでもいうように、贅沢極まりない生活が保証されたのだ」

「ほう、それは?」

とデレク・ギャラモンが眼を光らせた。

「まず、いまエマの住む館は、五〇〇年も前に村いちばんの金持ちが建てた廃家だ。それがまるで昨日建築されたかのような豪邸に変わり、エマに贈られたのだ。奇妙な召使い付きでな」

「奇妙な召使い?」

デレクのみならず、あと二名の表情もこわばった。村長は片手を上げて制し、

「それは後で話す。訪問した村の者の話では、何処もかしこも贅を尽した建物の上、食事その

他の用は、すべてその召使いと見えない使用人たちがこなしているとのことだ。両親はそんな得体の知れぬ家に住めないと拒んでいたが、エマが六歳の時に死亡し、以後、エマはひとりでそこに暮らしている」

「そんなおかしな家にかい？」

とルークが眼を丸くした。

「おれなら、さっさと村を逃げ出すがな」

「逃げても無駄なことは、さっき話したとおりだ。エマは一切、運命に逆らわなかった」

「――というより、あんたがたがそうさせたんじゃないのかい？」

デレクが、口もとに刻んだ冷笑を村長に向けた。

「これも噂だが、恩恵はその娘だけじゃなく、周りの者にも与えられたそうじゃねえか。この村にも大枚の黄金かダラス金貨がばら撒かれた――どうだい？」

村長は上目遣いにデレクを見、苦い表情をつくった。

「家が改築された日から、村長宛に月五万ダラスが贈与されはじめた」

「やっぱりな。こんなちっぽけな村にしちゃ、空気は金持ちのもンだと思ったぜ。こりゃ、その娘を逃がしちゃならねえわな」

「誤解しないでもらいたい」

村長は語気を荒げ、しかし、きっぱりと、

「この村に留まれと、エマに要求したことは一度もない。エマは自身の判断であの家に暮らすことを選んだのだ」

「そうかい。で、おれたちの仕事は？」

「ずばり、この五日間、あの娘を守って欲しいのだ」

「守るのはいいが、五日もか？」

「貴族からではない。それは最後の仕事だ。五日間――君たちのような連中がやって来るのは、眼に見えておる。売りこみの戦闘士たちがな」

「そりゃそうだ」

「当然断るが、長い旅をして来た連中が、はいそうですかと引き下がるとも思えん。余計な実力行使をして売りこみに拍車をかける可能性は高い。いちばん厄介なのは、断られた腹いせに、エマに手を出す場合だ。誘拐して身代金をよこせ――眼に浮かぶぞ」

「同感だ」

デレクがにんまりと笑った。

「そいつらと貴族の処理――値が張るぜ」

「一万ダラス」

三人は顔を見合わせた。

「もうひと声だな」

と告げたデレクへ、

「ひとり当てだ」

ベレタスが口笛を吹いた。

「よかろう」

デレクがうなずいた。

「よろしく頼む。住いは旅籠に部屋を取ってある。一軒しかないからすぐにわかる」

「承知した。それから――」

「何かね？」

「この仕事――おれたち以外の奴に依頼はしてねえだろうな？」

「勿論だ」

「そっちは人数が多けりゃ助かるだろうが、こっちは目障りだ。容赦なく処分するぜ。それと、そんな真似をしたら、報酬は三倍増しだ」

「大船に乗った気で任せたまえ」

村長は激しく胸を叩いた。中身が詰まっているか、空洞かどうか。

三人は外へ出た。

サイボーグ馬に乗る前に、ルークがふり返って、

「食えねえ野郎だ」

と吐き捨てた。村長のことである。

「ああでなきゃ、〈辺境〉の村長なんか務まらねえよ」

デレクは気にしていない風である。

「ま、そうだがな」

ルークもすぐに認めて、

「で、どうする？」

デレクはなおも白い糸を引く空を見上げて、

「昼下がりというにも間があるな。ひとつ、現場を下見に行くか」

「そらあいい」

ルークは喜色満面、ベレタスもうなずいた。

戦いが血を熱くさせる。それが戦闘士なのだった。

呼び鈴《チャイム》が鳴った。

白磁のティーカップを置いて、エマが立ち上がった。数歩行ったところで、乱打の音が続いた。

ベネッサが窓に近づき、カーテンを細目に開けて覗いた。

「三人組よ——戦闘士か、流れ者のゴロツキね」

エマは立ちすくんだ。その理由を知らず、ベネッサが笑顔を見せた。

「任しとき」

「違うの——出ては駄目」

「この調子じゃ、ドア破っても侵入して来るわよ。とっちめないとね。ね、武器ある？」

「それが——」

「えーい、もう」

ベネッサは小走りに居間を出て、二階への階段へ向かった。自分の部屋から護身用の武器を、と思ったのである。

最初のステップに足をかけた瞬間、破壊音とともにドアが思いきり開いた。

入って来た人影は防水コートをまとっていた。

「何よ、あんたたち？」

ベネッサは真正面から向き合った。こういう輩《やから》には慣れているらしい。

「おめえがエマ・グリーンか？」

と真ん中の男が訊いた。

「そうよ」

全員が首を傾げて、

「嘘つくとためにならねえぞ」

「何処が嘘よ」

「この家にふさわしい品のある女だと聞いた。おめえとは一八〇度じゃねえか」

「言ったわね」

ベネッサは前へ出た。

身長はエマとほぼ同じだが、体格は少しいい。鼻も口も大きいが、その分、眼もくりっとして、印象は明るい。エマより田舎臭いのは仕方ない。

「用件は何よ?」

男はベネッサを無視して、エマへ顔を向け、

「あんた、用心棒が要るんだってな。おれたちに任しときな。これでも〝レンジャース〟って言や、〈辺境区〉では有名だぜ」

「へえ、そう」

と返したのは無論、ベネッサだ。同時に男の顔面が、ぐしゃとつぶれた。

「野郎⁉」

と他の二人が身構えたとき、もう一歩踏みこんだ娘は、一発かました男の腰から短剣を抜き取るや、二人目の右肩に突き刺していた。

悲鳴を上げる二人目の顔に頭突きを入れたところで、ベネッサの動きは止まった。三人目が

火薬短銃を構えたのである。

「この女《あま》——ふざけやがって」

声が怒りの前に呆れているのは、あまりにもスピーディで効果十分な攻撃に呆気に取られたのだ。

だが、男の指は引金にかかり、ベネッサは踏みこむ姿勢になかった。

男の首すじを黒い矢が貫いた。

三人目が倒れる前に、残る二人も首を射抜かれ、のけぞっている。床に落ちたのは二人揃ってだった。

「ドアが開いていたんでな——失礼」

戸口でこう声をかけたのは、デレク・ギャラモンであった。

その右方で、ベレタスが弩を構えている。連射用の自動式だ。

「別の戦闘士だな——二人で捨てて来い」

デレクの指示で、二人と死体が出て行くと、

「あいつらの仲間じゃないが、同類だ」

デレクは二人の娘に、優しいとさえいえる笑顔を見せた。

「これからは毎日、ああいう連中が来るだろうが、安心しな。おれたちが守り刀になるぜ」

「ちょっと——」

意気ごむベネッサを制して、エマが、

「――どなたでしょう?」

と訊いた。

「デレク・ギャラモン――さっきの二人はルークとベレタスだ。はは、そんなに緊張しなさんな。これが村長からの依頼状だ」

手渡された一枚の書状を読んでから、エマはベネッサに手渡した。

「村長に確かめさせてもらうわよ」

こちらは百倍も用心深い。

「おお、好きにしな。ところで、護衛するのにいちいち出勤してちゃ間に合わん。納屋でいいから泊めてもらうぜ」

ベネッサがエマを見つめた。

「承知しました」

とエマは答えた。

「ちょっと――いいの?」

「村長さんが選んだ方たちなら。ただし、お話し――というか、注意しておくことが幾つかあります」

「ほお」

「まず、この邸内には、すでにガード役がおります」

「ああ、聞いてるよ。そいつとも決着をつけるのも、村長の条件のひとつだ。あんたを狙う貴族の手先だそうじゃないか」

エマは続けた。

「彼は私に危害が及ぶとき以外は滅多に現われません。例外的に出てくる場合は、私にもよく理由がわかりません」

「ふーむ。こっちの条件で喧嘩《けんか》は出来んということか」

「次に、ゴーラ――ガード役を含めて、この家で人を殺すのはやめて下さい。眼の前で死んでいく姿を見たくはありません」

デレクは顎《あご》に手を当てて、

「うーむ」

わざとらしく唸《うな》った。眼も口もとも笑っている。

「そいつは約束できんなあ。正直に言うと、殺しが商売でな」

「約束はできませんか？」

「ああ。残念だ。おれたちが殺す気はなくても、向うから挑んで来たら仕様がない。あんたの言ってるのは、酒場で酒を売るなと言うようなもんだぜ」

静かな物言いには、世間知らずへの侮蔑《ぶべつ》と怒りがこもっていた。

「どうしても？」

「ああ」

エマは、村長からの紹介状を取り出し、デレクの前に突き出した。

「村長さんには、後でお断りします」

「おい、おれたちは」

怒号に近い抗議であった。エマは正面から熟練の戦闘士を見つめた。怒気はそのしなやかな身体にぶつかって、ベネッサの顔を歪《ゆが》ませた。

第二章　訪れし者たち

1

「わかった」

とデレクは睨《ね》めつけるような視線をエマに与えた。

「おれたちも職無しじゃ困る。その条件、確かに呑《の》もう。ただし——他の文句は一切受けつけんぞ」

「感謝します」

エマの顔が微笑を含んだ。

自分とは合わないものでも見たかのように、デレクは細めた眼を窓の方に向けた。

「ん？」

その表情に何を見たか、ベネッサが窓辺に寄った。

街道が見える。その奥の森から出て来たばかりらしいルークとベレタスが路の向うに立っている。

その顔は村とは反対側の路の奥を向いていた。

問題は身体だった。

どちらも街道を渡ろうとする途中だった。手も足もその形を取っている。

その動きを止めたものがあるのだ。

恐らくは——路の奥からやって来るものか。

「こいつは面白い」

デレクはドアへと走った。

ドアの前でノブに手をのばすのを女たちは見た。

止まった。

〈辺境〉にその名を轟《とどろ》かす戦闘士は、薄日と雨音の中で凍りついた。

エマが低く呻《うめ》いて——崩れ落ちた。

愕然《がくぜん》とふり向き、ベネッサもまた動けなくなった。

倒れたエマの背後に、青い上衣を着た禿頭の巨漢が立っていた。

「あ……あ……あ」

巨漢の首から下がった鎖のかがやきが、ベネッサの眼に灼きついた。

――この男だ
と思った。

――この男が、エマが三人組の受け入れを躊躇《ちゅうちょ》した理由なのだ。殺人を禁じた理由なのだ
だが、どうしていま現われた？

三人組の来訪に触発されたのか？

いや、彼は戸口のデレクを見ていない。窓の方を向いている。路の向うの二人を？　いや、
彼らの見ている方角を。

居間の大時計の音が急に耳の中に響きはじめた。巨漢が現われたのは――否、喚《よ》び出したも
のは、荒くれたちをすくませた何かだ。

それはいま、路の奥からやって来る。

路の向うの二人の顔が正面に戻りはじめた。

サイボーグ馬が見えた。

墨色の沼に浸かったような黒馬であった。

雨と薄日の中で電子眼が青白く燃えている。

そして――騎手が見えた。

一瞬、雲間からひとすじの光が、その顔にさした――全員がそう思った。

だが、曇り空に変化はなく、黒い旅人帽《トラベラーズ・ハット》の下でその美貌がかがやきを放っているのであっ

た。

エマが溜息をついた。

「何て――綺麗《きれい》な男性《ひと》……」

――ひょっとしたら、この屋敷に用があるんじゃないの？　なら、早く来て

これはベネッサの胸中であった。

雨さえも、この若者に当たるのを避けているように見えた。

――お願い、来て

だが、路傍の二人にも、屋敷にも一瞥《いちべつ》も与えず、騎手と馬は路を進み、やがて、窓から消えた。

女たちはよろめいた。

途方もないものを目撃した感覚が神経を狂わせていた。

後を追おうとは思わなかった。二度も視界から消えるのに耐えられない。

デレクがドアを開けて外へ出た。二人の弟も路を渡って来た。

ベネッサは巨人の方を向いた。

いない。

エマが何ともいえない表情を向けた。怖れと恐怖――そして、ひどく甘美なものがゆれていた。

Dは村に一軒の旅籠に入った。フロントは食堂と酒場の中にある。

あんぐりと口を開けたフロント係へ、

「部屋はあるか？」

と訊いた。

「それが――満室で」

いきなり、Dの声が変わった。

「おかしいのお。客が押し寄せるような村ではあるまいに」

フロント係は何度も頭をふって、極端な変化に順応しようと努めた。

「見りゃわかるだろうが」

食堂兼酒場から、がらついた声がかかった。敵意剝き出し――戦闘士か賞金稼ぎの類だろう。

二つのテーブルとカウンターを埋めた人数は一二人。腰や背中の武器も、長剣、短槍、火薬銃、小弓と多様だ。どれも握りは脂肪《あぶら》で光り、本体も鞘《さや》も傷だらけだ。闘争の日々は一〇年二〇年単位だろう。ゆったりと席を占めながら、張りつめた一線が切れた刹那、殺戮《さつりく》の場に挑む
――そんな苛烈な雰囲気があった。

「部屋はおれたちが借り切った。出遅れたぜ、色男」

「馬小屋でも借りたらどうだい？」

その声に、全員が笑った。

声は途中で止まった。鋭利な刃物で切り裂かれたかのように。

男たちは、笑った男に眼を向けた。

いまのいままでアルコール染めだった顔は、青白く変わっていた。碧《あお》い瞳がDを映している。

「空き部屋は？」

とDがもう一度、係に訊いた。

返事は男がした。

「おれはキャンセルする」

虚ろな声を残して、男は立ち上がり、戸口へと向かった。体当たりする勢いでドアを押し、雨の午後へとび出した。

それを追った同業者たちの視線は、すぐにその原因へ——黒ずくめの美貌の主へと向かった。

彼はとび出した男の方を見もしなかった。フロント係を見つめている。指一本動かさなかった。

フロント係は、頬を紅く染め、何度もまばたきを繰り返した。

「いま、ひと部屋空きました」

夢遊病者のような声で告げた。

彼は奥のボードにかかった鎖の中から一本を選んで、デスクに乗せ、

「二〇六号室です」

と言った。

Dがサドルバッグを肩に階段の方へと向かい、視界から消えると、酒場の客たちの全身から力が脱けた。


来訪は一〇分後であった。

Dはベッドに横たわっていた。昼間、時間と闇があれば、全身を浸すのがダンピールの習慣だ。体内に流れる貴族の血を、陽光は容赦なく灼き、循環を狂わせ、バイオリズムを変調させてしまう。

ノックした相手はドア越しに、

「村長だ」

と名乗った。

鍵を外すと、スーツ姿が入ってきた。着慣れていないらしく、どこかチグハグだ。

ドアを開けたまま室内を見廻し、ベッドのDに気づくと、

「どうやった？」

と訊いた。

ドアからベッドまで三メートルはある。鍵を開けたのは誰か。

その背後で、いきなりドアが閉じた。

男はぎょっとしたようにふり返り、それからベッドへ視線を戻した。

「まあいい。Dという名の男だし、な。よく来てくれた」

「部屋が一杯じゃったぞ」

村長は少し驚き、

「顔と合わん声を出すな」

と言った。

「部屋の件は済まなかった。まさか、こうまで戦闘士が押しかけるとは思わなかったのでな」

ベッド近くの肘《ひじ》かけ椅子に腰を下ろし、もう一度、

「よく来てくれた」

と手を出しかけて、引っこめた。戦闘士は握手をしない。相手が味方とは限らないからだ。

横になっている事情は心得ていても、これは忘れていたらしい。

「用件は聞いている」

とDは言った。

「手紙だけで引き受けてくれて感謝する。少々変わった相手だと思うが、よろしく頼む」

「村長とやら、そのエマとかいう娘と、どういう関係じゃ？　実は父親が死んでいなかったとか」

「残念だが、な」

と村長は笑った。何処かこわばった笑みである。嗄《しやが》れ声がDの冗談だとは思えない。

「依頼者の身元は訊かぬと聞いている」

「そちらがしゃべりたくなければな」

これはDの声である。

「これから一週間、事情を知る賞金稼ぎや戦闘士どもが、なおも押し寄せて来るだろう。Dよ――最悪の場合、貴族はどうでもいい。娘だけは守ってくれ」

「契約は済ませてある」

「――そうだった。済まん。これは礼だ」

村長は、上衣のポケットから小さな袋を取り出し、小卓に置いた。

「一万ダラス金貨が二〇枚。調べてくれ」

「確かに」

「数えんでいいのか？」

「連絡先を」

「わしの家へ頼む」

「オーケイじゃ」

村長は何ともいえない顔つきになったが、持ちこたえた。

「腹話術でも習っているのかね？」

答える代わりに、Dは立ち上がった。

頭の横に立てかけた長剣をつける姿へ、

「ベッドがきしみもしないとは。噂には聞いていたが、凄まじい体術を心得ているようだな――何処へ行く？」

「内緒じゃ」

「――ではよろしく」

村長が去ると、左手が、

「あれは本気でエマとやらの身を案じておるぞ。間違いなく、父親か彼氏じゃな。どちらにしても、おかしな親と恋人じゃが」

Dは無言で部屋を出た。

肩に手が置かれた。

ふり向くまでもなく、置き方と感触でベネッサとわかった。

「何を考えているの？」

「――何も」

　ベネッサは肘かけ椅子を引っ張って、前へ来た。

「しゃべっちゃいなさいよ。美しい想い出でも、辛い記憶でもいいから。辛気臭くしても仕様がないわ」

「平凡なことよ」

「最高じゃないの。さ、聞かせて」

　明らかにわくわくしている相手を、エマは少し呆れた風に見つめた。

　決して不快ではなかった。

　会ってから半日も経っていないのに、この娘のお蔭で随分と気が晴れた。陽気に見せかけているのでも、押しつけがましくもないせいだ。天性こういう娘なのだ。

「昔のことよ。こんな風になるまでのこと。父はただの農夫で、母は薬剤師をしていたの」

「お百姓はわかるけど、薬剤師って珍しいわね。〈都〉の人だったの？」

「近くの町の医者の子だったの。私も多少のことなら習ったわ」

「へえ――やるわね」

　ベネッサの表情がかがやいた。相手の良いところを認めるのにやぶさかではないのだ。

「薬の調合とか出来るの？　あたし、肝臓が悪いと言われたんだ」

「そんな難しいことは無理よ。傷口の消毒とか、風邪薬とか――それくらい」

「でも大したもんよ。あたし、風邪ひきやすい性質《たち》なの。その節はよろしく」

「はいはい」

エマは笑っている自分に気がついた。少し嬉しかった。自分は人の役に立つらしい。

「私、病弱でね。母さんがいつも抱いて、薬を飲ませてくれた。少し苦かったけれど、母さんのこしらえた薬だと思うと、気にならなかったわ」

「へえ。母さんやるわねえ」

エマは強引に記憶を辿って、

「――そうね。人と少し違ってたかな」

と言った。ベネッサは身を乗り出して、

「何処が？」

「いつも、〝ここも変わるわね。何もかも前と同じじゃいられない。おまえだって〟が、口癖だったわ。〝どう変わるの？〟と訊いたら、いつも〝よくわからないけどさ〟でおしまい」

「繊細な女《ひと》だったんだ」

ベネッサは羨《うらや》ましそうに言った。

「うちの母親なんか、あたしが先のこと話そうとしたら、すぐに歯を剥いて、〝そんなこと女が考えるもんじゃないよ。女はいまだけ見てればいいんだ。未来《さき》のことは男が決めるのさ〟って言ったわよ。古臭いなあと思ったわ」

「喧嘩したの？」

「物心ついたその日からよ」

記憶のもたらした昂《たかぶ》りを抑えようと、ベネッサは胸を圧した。

「でも、母さんは変わらなかった。だから、あたしは一五でこの村を出たのよ。もっと勉強したかったけど、三年で卒業した。普通の勉強より面白いものに出会ってしまったのね」

「何かしら？」

「――あなたを知りたいと思ったのも、そのせいよ」

「ひょっとして、貴族の勉強を？」

「そ」

こくりとうなずいた。

「〈大学殿〉であなたの件を耳にしたの。何年もかけて貴族に狙われている女の子――こんなに面白いケースはないもの」

「面白がらないで下さい」

エマは苦笑した。鼻息も荒いベネッサに呆れたのである。

「何か私に変わったところでもありました？」

エマは弄《いら》うつもりで訊いてみた。いままでの自分にはあり得ない心の動きだと意識していた。

「大ありよ。その幻に取り憑かれた話なんて、凄く面白――あ、興味深かったわ」

ベネッサは何度もうなずいてみせた。エマの心を安らかにするのは、この忌憚《きたん》のなさであった。わかるわかるという顔で、しみじみとうなずかれたりしては敵わない。

「貴族に取り憑かれる話は色々あるけど、あなたみたいに長年月にわたって、それなのに、最後の日までは無事って、かなり特異な憑かれ方よね」

「そうですってね」

エマのその返事に、ベネッサは何十度目かの呆れ顔をこしらえた。

「あなたって、本当に自分の運命について考えない性質《たち》なのね。まるで他人事《ひとごと》だわ」

「貴族が来るまであと六日。考えてもはじまらないでしょう」

「そうはいかないわよ」

ベネッサは断固として言った。

「あたし、自分の人生でも運命でも、気にしないなんて絶対に出来ない。それは他人任せってことよ。あなた、他人や運命に手取り足取りで生きてくの――嫌じゃないの？」

ほとんど喧嘩腰のベネッサから視線を落とし、エマは微笑を浮かべた。明るく、と思ったが、うまくいかなかった。

「でも、村長も考えてくれてるようだし、まだ何とかなるかも知れないわ。少しは希望を持ちなさいな」

「そうね」

「それにしても、あの三人組――人間相手じゃ強そうだけど、貴族にはどうかしら。もっと凄いのが来てくれるといいのにね。ほら、さっき見た、とんでもないいい男、あの人ならイケそうよ」

「イケるって何が？」

「貴族退治。あたしの勘だと、あの男ハンターよ。それも超一流の」

「――まさか」

「困るなあ。色男ぶりに見惚れて、あの凄みに気がつかないなんて――」

ここで、ペロリと舌を出し、

「ま――仕方ないけどね。あたしもめまいがしたくらいだもの。あんな生物がこの世にいることが間違いよ」

眼を剝いて熱弁をふるうベネッサに、エマはつい吹き出してしまった。

「末は博士ね。私なんかに構ってないで、勉強なさいな」

「いまも勉強中よ」

ベネッサは唇を一文字に結んだ。

それがO《オー》の形になった。

エマの背後にあの大男が現われたのである。

その現象に驚くよりも、ベネッサの胸に小波が渡った。

大男に注意しながらも、窓に近づき、外を眺めた。

門の前に黒馬の騎手がいた。

馬上で門を開けて入って来た。

玄関の前で馬を下りたとき、ベネッサはようやく、立ち尽す大男が気になった。

裏の納屋にいる三人組の出現のときにすら現われなかった巨漢が、この美しい若者の来訪に限って姿を見せるのだ。

チャイムが鳴った。

そちらへ気を取られたベネッサが向き直ったとき、巨漢はもう姿を消していた。

ベネッサが出ようとしたが、エマも同行した。

数分後、頰が紅《あか》く染まり、めまいを感じながらも、二人は応接間で、世にも美しい訪問者とテーブルを囲んだ。

「D」

「エマ・グリーンと申します。こちらは――」

「下宿人のベネッサ・マーシュよ。よろしく」

三人の前にはティーカップと銀製のポットが置かれていた。見えない家政婦によるものだ。

ゴーラとともに派遣されたという。ベネッサも不思議そうな表情を隠さない。

「貴族の話を聞きに来た」

とDは言った。

「あなたも、護衛役志願の方でしょうか？」

エマの声は、虚ろであった。

「志願はしていない。もう雇われている」

「雇ったのは、どなたでしょうか？」

「口止めされている」

「今日の御用は何でしょう？」

「貴族についてだ」

「――何をお話しすればよろしいのでしょうか？」

「貴族の名を聞こう」

「わかりません」

Dは不審に思う風も見せず、

「いつ、彼に気づいた？」

「物心ついてすぐよ」

割って入ったのは、ベネッサだった。

「おれは、この娘に訊いている」

「あたし、さっきみいんな聞いたわ。繰り返しは疲れるのよ。あたしが話してあげる」

「彼女の話が同じだとは限らん」

これには、エマがあわてた。

「私――嘘なんか」

「その貴族と会ったのは何処だ？」

「――よく覚えていませんが、家の近くの森だったと思います」

「彼は何と言った？」

「一六年経ったら、迎えにいく、と。これは、はっきりと覚えています」

「次は？」

「二歳の時。家の中で揺り籠にゆられているときに。あの人は窓のそばに立って、私を見下ろしていました。そして、〝一五年経ったら迎えにいく〟と言ったのです。前と同じであまり怖くありませんでした。それから毎年、私の前に現われるのです。場所は森や小川のほとり、家の中、学校の教室と、そのたびに変わりました。そばにはいつも他人《ひと》がいませんでした。それだけです。他にはひと言もしゃべりませんでした」

「顔立ちは？」

部屋の雰囲気《くうき》が変わった。

次に起こったことは、二人の娘には予想もつかなかったし、理解も不可能だったに違いない。

Dの首すじに火花がとんだ。美しい色であった。

突如、出現した巨漢が、その身の丈を超える長刀をふり下ろし、Dがふり向きもせず、背の剣を抜いて、それを受けたのだと知ったのは、黒衣の姿が忽然《こつぜん》と巨漢の前方に立ってからだ。長刀はエマもはじめて眼にする品であった。

巨漢は長刀をふり上げ、Dはその胸元へ切尖《きっさき》を向けていた。

「貴族が送った護衛か。よほどご執心と見えるの」

女たちを呆然とさせた嗄れ声は、Dの左手あたりから放たれていた。

「外で」

とエマが叫んだ。

「戦うなら、外で――この家を血で汚さないで下さい！」

外で足音がしたのに気づいたのは、二人の対決者だけだった。

すう、と巨漢が消失するのとほとんど同時に、玄関から三人組のひとり――ルーク・ギャラモンがとびこんで来た。

「窓から見た。何事だ⁉」

その鼓膜を、鍔《つば》鳴りの音がゆすった。

「この色男――昼間見かけたぞ。ひょっとして――Dか⁉」

「あの――私を守って下さると言って」

「でかい奴は？」

「気のせいじゃ」

眼前の美貌と嗄れ声とのギャップに、戦闘士も息を呑んだ。

「嘘をつけ。おれは確かに――」

ルークは眼を三角にした。

「何だか知らねえが、余計な真似をするんじゃねえぞ。いま、仲間を呼んで来る。待ってろ」

言い放って、出て行った。戸口に落ちていた布袋から、肉と桃の缶詰がこぼれている。買い出しに行って来たらしい。窓からDと巨漢を目撃し、大あわてでとびこんで来たのだ。

「さあ、面倒なことになるわよ」

とベネッサが肩をすくめ、

「やれやれ」

と嗄れ声がつぶやいた。

「彼らは？」

とDが訊いた。

「村長さんがつけてくれた戦闘士なんです。三人います」

「村長が？」

Dが重ねた。

「はい」

「村に何か貢献でもしたかの？」

「いえ。でも、父も母もみんなに好かれていました」

エマの声は、まだ曖昧さが抜けていない。Ｄの顔立ちと声のギャップが、まだ拭えないのである。

「この村の村長は、〈辺境区〉きっての吝嗇《りんしょく》者で知られておる。そいつが金を出し、三人もの護衛を雇うとは信じられん。天と地が引っくり返るわい。おまえのために、何故じゃ？」

「………」

「この村を出る気にはならなかったのか？」

Ｄである。

エマは眼を落とした。

「いえ。貴族が怖くて、何度も出ようとしました。でも、みんな駄目になってしまうんです」

あの貴族が現われてから、村を出ようと試みたことは何度もあったのだ。両親がいたときも、二人が亡くなってからも、エマは背を向けようとした。

「でも――何故か駄目になりました。乗る馬車が前の駅で事故を起こしたり、村に伝染病患者が出て閉じこめられたり、急な暴風雨で道が崩れたり、河が氾濫《はんらん》したこともありました」

「それでも逃げたければ、逃げられたはずだ」

「それは……」

「おまえを村から出したくない者がいた」

「貴族ね」

ベネッサがうなずいてみせた。

「ノンじゃな」

「え？」

ベネッサが眉を寄せたとき、玄関のドアが開いた。雨音がやって来た。それをくぐって三個の人影が応接間に入った。

全身が、空気が変成しかねない殺気の塊だ。

「争いは困ります――そういう契約です」

エマがきっぱりと言った。

「約束は守るさ――おい、色男、表へ出てもらおうか」

とデレクが顎をしゃくった。

「待って、まだ話し中です。この人は――」

「悪いが、この辺のところはおれたちに任せてもらおう。なに、こっちとの話が済めば、すぐに返すよ」

「返せんかも知れんぞ。おまえたちを」

デレクの不敵な表情が、わずかにこわばった。これもギャップによる。

Dが立ち上がった。

「やめて」

と後を追いかけたエマの肩を、ベネッサが押さえた。

「ここは男どもに任せましょう」

「でも――誰かが死んだら――」

「天命よ、もう」

ベネッサの大胆な割り切り方に、エマは眼を丸くした。その間に四人の男たちは応接間を出て、玄関へと向かった。

二人の娘たちも後を追う。

緑の芝に白い石畳のエントランスを抜けて、街道も渡った。森の中である。少し行くと開けた場所に出た。

デレクが娘たちの方を向いて、

「見ててもいいが、木の陰に隠れてろ。それから、何が起きても誰も怨《うら》むんじゃないぜ」

と言った。

二人は近くのダイクスの木の陰に入った。

闇が色を増している。影たちもじき姿を失うだろう。

「おめえ、誰に頼まれて来た？」

「腕試しか？」

とD。

「いきなりそれじゃ話が進まねえだろ。こっちの質問に答えろ。誰に頼まれた？　それとも——ひとりか？」

「おまえの考えるとおりだ」

肉と骨が断たれる音は、Dのひと言が終わる前に聞こえた。敵の攻撃を待つ男ではない。二人の仲間がぎょっとしたのは、デレクの頭頂から顎まで走った筋を見たからではない。そのデレクは幻のように消え、数メートル後方に出現したからだ。

「分身《わけみ》の術」

ベネッサがつぶやいた。

「よせ！」

デレクの声が夕闇を震わせた。

鋭い音と悲鳴が重なった。

ベレタスが弩を放ったのだ。矢は一閃の光に弾き返されて、放った彼の左肩を貫いた。

「Dよ、ここまでだ」

デレクが提案した。驚きと怯えが拭えぬ口調であった。

火薬長銃を構えたルークを制し、

「やるねえ。さすがDという名の男だ。けどな――勝負はついてねえぜ」

とウィンクしてみせた。

Dは無言で一刀を納め、

「もう少し付き合ってもらおう」

と家の方へ歩き出した。自分の方を見たわけでもないのに、エマもベネッサも、小さく、

「はい」

と洩らして木陰から出て、その後を追った。

「化物め」

と呻いたのは、肩の矢に手をかけたベレタスであった。引き抜いた。鏃《やじり》は肉をつけて戻った。

「大したもんだ」

横のルークが憐《あわ》れむようにチラ見してから、右手の火薬長銃をホルスターへ戻した。この瞬間まで、Dの心臓を狙っていたのである。

「ありゃ、デレクでもサシじゃ危ねえな。久しぶりに三人の力を合わせるこった」

「おめえとか」

露骨に嫌そうな眼つきのベレタスへ、

「そう言うなって。傷の手当てをしてやるからさ」

にんまりと笑いかけたが、返答は、そっぽを向いた後頭部であった。

門の前まで来て、Ｄはふと村の方角へ顔を向けた。

「どうしたの？」

ベネッサが眉を寄せた。

「おかしなものが近づいて来る」

「え？」

Ｄはまだ道の向うの三人をふり返り、

「しばらく預ける」

と言うと、鞍上人になった。

ふり向きもせず全力疾走に移った騎手と馬は、みるみる道の彼方へ遠ざかっていった。

「何があった？」

いつの間にか背後に来ていたデレクも見送っている。

「わからないわ。あの男《ひと》は、私たちと住んでる世界が違うのよ」

「そうは言っても、この件に絡んでいる以上、同じリングの上で闘わなくちゃならん。じき、おれたちのレベルに引き落としてくれる」

炎のような闘志がひとつ、夕闇の中に燃え上がった。

ただひとり、それを意識しない娘がいた。

エマは限りなく切ない眼差しをDの消えた闇に送っていた。

2

同じ日の早朝、〈東部辺境区〉の農家で奇怪な変事が勃発していた。

通称〝蜘蛛《くも》〟椅子に乗っていた九〇歳の祖母――ユーベナを除く家族が虐殺されたのである。

容疑は当然、祖母に向けられ、犯行後その姿が見えなくなったことで、疑いはさらに濃いものとなった。

最大の脅威は、彼女が車椅子代わりに使っていた巨大蜘蛛――タランティラであった。

人間には決して慣れぬとされる凶暴凶悪な蜘蛛を、老婆だけが飼い慣らした理由は、いまも謎《なぞ》である。だが、その逃亡先で老婆の手綱から放れたとき、乃至《ないし》、老婆が邪悪な意思を抱いた場合に何が起きるか――それこそが最も怖るべき可能性であった。農場を中心に張り巡らされた捜査網や村人による道路封鎖にも引っかからず、その行方は杳《よう》として知れなかった。

残った謎はひとつである。この地で生まれ、息子二人と娘三人を育て上げた温厚で誰にも好かれた老婆が、何故、冷血無残な犯行に及んだのか。ひとりとして解明できるものはいなかった。

やはり同日、同時刻、〈西部辺境区〉の小工業町で、クスコなる一九歳の若者が、自ら熔鉱炉に身を投げた。人に怨まれるような性格ではなく、自死を選ぶ原因も見当たらず、みな首をひねっていたところ、突如、炉が内側から弾け、大量の熔鉄が付近の建物を襲って、数十人が焼け死んだ。その際、クスコを目撃した者がいて、全裸の彼が街道の方へ移動するのを見たと証言した。

目撃者によれば、クスコの身体は真っ赤に燃え上がり、周囲の木も土塁も近づいただけで焼け崩れたという。


さらに同日同時刻、〈南部辺境区〉のとある村で、リヴォイなる薔薇作り農家の娘が、一面の花ごと消えた。

若い旅人がよく立ち寄っていた家だから、そのひとりと手に手を取って旅立ったのだろうと村の者は噂したが、すぐ薔薇が消えた土地から立ち昇る異臭に気がついた。

何人かで掘り起こしてみると、泥濘のような土の中から、幾つもの腐乱死体が見つかった。さらにクレーンを担ぎ出した結果、一〇〇を超す白骨死体が現われたのである。それこそ薔薇のようなイメージの華麗な娘が、いつから訪問者を殺害していたのか、知る者はいなかった。

　Dは村を出て、街道を何度か替えた。サイボーグ馬にも出来の良し悪《あ》しがある。Dの馬は一般に出廻っている大量生産品の一頭であった。最高時速は一三〇キロ、平均六〇キロでの疾走時間は丸三日が標準だ。

　Dが手綱を操るや、馬は二〇〇キロで走った。後方に巻き起こす風の凄まじさに、同じ道を行く旅人は薙《な》ぎ倒され、馬車ですら傾いた。大あわてでふり返っても、姿は道の奥に消えている。

　Dよ、何のために走る？


　翌日の昼下がり、〈南部辺境区〉と〈北部辺境区〉を隔てるアミティスの町は、重い光の下に横たわっていた。

〈辺境〉の酒場は大概一集落に一軒と決まっている。「女神の涙」には、珍しく昼間から客が溢《あふ》れていた。

　バーテンが、

「どちらへ？」

　と訊くと、みな、

「グスマン」

と声を合わせた。全員が戦闘士であった。

「グスマンに何があるんだい？　あそこは静かなだけが取り柄の村だぜ」

「酒場の主人にしては、情報に疎いな。村で世話してる娘んところへ貴族がやって来るんだとよ。そいつを撃退すれば、一〇〇万ダラスは間違いねえそうだ。五人だってひとり二〇万だ。こりゃ、何ヶ月旅したって行く価値はあるわな」

「実は昨日も三組――二〇人近くがあそこへ向かったよ。あの村はもう大入り満員だぜ。入村料を取られるんじゃねえのか？」

「何ぬかしやがる。後払いよ」

店内に野卑な笑い声が広がったとき、スイング・ドアが開いて、若い女がひとり顔を出した。粗末な衣裳は、近隣の農家の住人と思わせたが、人々の眼を引いたのは、〈辺境〉の風雪に叩かれたとは思えぬ可憐な美貌と、片手に提げた籠の中身であった。

白薔薇だ。自然界には存在しないといわれる純白の蕾《つぼみ》が溢れている。

「何だあ、花売りか？　ここんとこちんけな村ばかり廻ってたから、見るのは久しぶりだ。やっぱ町だなあ」

としみじみ感心する奴もいれば、

「白い薔薇たあ珍しい。しかも、花も恥じらう別嬪《べっぴん》さんと来た。おお、こっち来い。籠ごと買ってやるぞ」

「わあ、嬉しい。でも、中へ入るの怖いなあ。外で買って」

奇妙な申し出に、発言者も周囲の連中も顔を見合わせたが、娘の要求を退けることは出来なかった。可憐な声の底には挑発の基底音が鳴り響いていたのである。

「よっしゃ。外で買ってやらあ」

ひとりの声を合図に、酒場にいた全員が立ち上がったというのも奇妙な話であったが、とにかく、ぞろぞろと一同が出て行った後には、殺風景な店とバーテンだけが残されたのである。

そして、それきり荒くれ者たちはひとりとして戻らなかった。

バーテンは三〇分待った。それ以下では何故か怖かったし、それ以上は、やはり放っておけなかったのである。

彼は外へ出て、陽光燦燦《さんさん》たる街路を見廻した。

板張りの歩道に幾つかの足跡が残っていた。それは二軒隣りの金具屋の角を廻って消えている。

四メートルほどの路が続き、その先は建物と建物がこしらえるちょっとした広場であった。路を折れてすぐ、バーテンは立ち止まった。広場の入口に倒れている人影が見えたからである。それもひとりや二人ではなかった。

バーテンの背すじを冷たいものが走った。

一〇名を超す戦闘士たちは皆殺しになったのかも知れないが、それ自体は〈辺境〉では不思議な事件でもない。彼を戦慄させたものは、その犯人はと思考を巡らせ、それがあの可憐な娘に結びついたからである。娘の言葉と笑みを広げた顔が、はじめて別の存在のそれに変わった。

バーテンは、しかし、足を止めなかった。事態を見届けてすぐ治安官へ連絡せよという〈辺境区〉のルールが骨の髄まで沁《し》みこんでいたためだ。

だが、広場へ入り、眺め渡したとき、彼の口を割ったものは、人間とは思えない恐怖の絶叫であった。

荒くれ男たちは全員——死んでいた。枯死といってもいい。その顔も全身も干からび、わずかな肉と皮を貼りつけた人骨と化していたのである。

だが、恐怖の源はそれではなかった。死人の誰ひとり武器には手もかけておらず、それでいて瞬間の死を迎えた。そして、その原因が、ある男の心臓部に突き刺さった小枝の上に、皓々《こうこう》と妖《あや》しく咲き出して、陽光の下にゆれている真紅の薔薇に違いなかったからである。

真紅とはミイラたちが喪失したもの——血の産物であった。

同じ頃、〈北部辺境区〉と〈東部辺境区〉との区境《くざかい》に広がる岩山地帯で、〈都〉から派遣された調査隊員が、近くの農民たちと、ここ数日にわたって発生した怪異の調査と、行方不明になった旅人たちの消息を求めて巡回中であった。

「あったぞお」

この叫びが上がったのは、捜索を開始して三〇分も経たぬうちである。聞いた全員が、失踪者たちの死を確信した。いたではなく、あったのだ。

だが、叫びの主の下へ辿り着いた人々が恐怖する前に、これ以上近づくまいと、後足のみで仁王立ちになったサイボーグ馬の背中から、彼らは次々に滑り落ちた。

磊磊《らいらい》たる岩石山の真ん中に一ヶ所、かなり広い窪地があり、そこに数十を数える白骨が散らばっていた。ほとんどが人間のものだが、山犬や大型の装甲虫のものもある。どれも原形を留めぬそれらが、生々しい傷痕とともに訴えて来るのは、残虐無残な餓獣の牙に食い荒らされた絶望と最期であった。

骨には一片の肉も付着せず、岩の上には内臓すらない。どんな凶獣がどのように食したのか。

〈辺境区〉の怪異でも割り切れぬ妖気を感じて、落ちたところから動けぬ男たちの前へ、前方の岩陰からにゅうと細長い脚部のようなものが現われた。

濃緑の地に灰色のだんだら模様の表面を、細かい棘状《とげじょう》の毛が覆っている。確かに脚だ。それは何ヶ所かの関節部でひん曲がりながら、すぐに全身を露《あら》わにした。

巨大な蜘蛛であった。驚くべきは、その後部の胴の上に、ボロをまとった歯欠けの老婆がまたがっている様であった。

岩の上から下の連中を見下ろすようにしていたが、

「ほうれ、〝金剛〟よ。また餌が来たぞい。これからの大仕事に備えて、餌袋に蓄えておくがよい」

ヘラヘラと笑った。この巨大蜘蛛が旅人を捕食していたのは、これで明らかになった。

「貴様——何者だ⁉」

〈都〉から来た調査員が口に手を当てて叫んだ。

返事は、蜘蛛の口から噴出する数百条の朱い線であった。蜘蛛が吹くなら糸だ。だが、それは粘着しなかった。男たちやサイボーグ馬の身体に触れるや、その部分は白煙とともに溶け崩れたのである。重さを持たぬような、風にもゆれる糸は、名刀のごとく人体も馬体も断ち割った。それが分泌する溶解液の成分は何なのか、腐食は溶けた部分からも広がり、あらゆる筋肉も内臓も溶解させた。白骨のみが残った理由はそれであった。

「逃げろ」

と絶叫する男の身体も頭部についた糸が股間まで溶かし割り、逃走に移ったサイボーグ馬の脚は中ほどから断たれ、転倒した馬も騎手も数秒で骨と化した。

それこそ二〇秒とかけずに、新たな白骨の散乱地が生まれたのである。

「さあさあ、お食べな、〝金剛〟よ。そして、大仕事に備えるんだ。花嫁さんをお守りするって大役にね」

おぞましい乗り物と御者は器用に岩山を下りていった。

そして、骨に埋もれた窪地の底に着くや、大蜘蛛は原形をとどめている白骨を片端から口に運び、噛み砕き、嚥下《えんげ》しはじめたのである。

第三章　魔性の通過

1

同じ頃。

〈西部辺境区〉と〈北部辺境区〉をつなぐ河川の一本にクリア川がある。

差し渡し七メートルほどの浅い川だが、流れは速い。時々、子供や小動物が落ちて溺死体《できしたい》が上がる。

そのほとりの平石に若い男が腰を下ろしていた。日暮れも近い川辺は青く染まっていた。

「六日」

流れを見つめながら、男はつぶやいた。その日数に特別な意味でもあるかのような口調であった。

彼は右手の五指を揃えて見つめた。その先端がみるみる灼熱して来た。

無雑作に流れへ手首まで入れる。凄まじい水蒸気が噴き上がって、男の全身を覆った。

それが晴れると、男は上流の方に眼をやった。

長方形の箱が流れて来た。奇怪なのは、それがどう見ても石製だったことだ。しかし、数百キロを超える箱は、木箱のように易々と水上を滑って、男の前で止まった。水は滔滔《とうとう》と流れている。

男はさして不審とも思わぬ表情で、石箱を見つめた。

石のこすれる音が水音に挑んだ。石箱の上部——蓋が後方へズレはじめたのである。どう見ても箱は柩《ひつぎ》であった。そこから、ぬうと青黒い影が立ち上がった。

影は身を躍らせ、男の背後に着地してのけた。水を嫌っている風である。

「流れは苦手かい？」

と男が訊いた。

「——あんた、貴族だな」

「そうだ」

「おれはクスコ」

「下人には名乗らぬぞ」

「わかってますよ、ヴラドルフ公爵」

「何故、立ち上がって出迎えぬ」

「あんたは幻だ」

と男──クスコは返した。曇り空だが世界は朧《おぼろ》な光を満喫している。

「本物はまだ、その柩の本物ごと山中の岩の中にいる。ここへ来たのは、おれの腕試しか？」

公爵の薄い唇が嘲笑の形に歪んだ。顔も身体も青黒い闇に溶けているにもかかわらず、唇だけは紅く見えた。

「そうだ。花嫁のための時間は少ない。おまえの下人たる運命もとうに決まっておった」

「それは何となくわかる──だが、何となくだ。そうそう頭を下げる気はしねえぜ」

「──だから、来た。幻になっても、おまえたちに身の程を思い知らせるためにな」

「ほお、放っといたら、どうなるってんだ？」

「他の人間どもを片っ端から殺してのけるだろう」

「ほう、殺人犯が行く末かい。どっちがいいとも言えねえなあ」

「安心しろ。おまえの道は決まっておる」

「そうはいかねえんだよ」

公爵は足下を見つめた。クスコの右手が足首を摑んでいた。

「おれは十九歳になったばかりだ。なのに突然、熔鉱炉にとびこんで、こんな身体になった。正直言うと半分は怨んでるんだ。こんな風にな」

公爵の足首が火を噴いた。彼は大きくよろめいた。足首どころか膝のあたりまで、一瞬のうちに焼き崩れていたのである。

「おーっと」

よろめく身体をクスコは抱きかかえた。二人の全身がみるみる赤光を放った。肉の焼ける臭いがする——そんな暇もない数千度——いや数万度の灼熱であった。

足下に散った灰を見下ろすクスコの顔と身体はなおも燃えていたが、徐々に人肌を取り戻していった。沈痛な面持ちで、

「これで主人殺し——とは言えねえよな」

「そのとおりだ」

返事があったのは、背後からである。

「おまえの運命は、この宇宙開闢《かいびゃく》の時から決まっている。おとなしく従え」

「わかったよ、幻さん」

クスコは、さして絶望した風もなく応じた。


その夕方、〈北部辺境区〉の北にあるゲルヒンという町に、世にも美しい若者が乗り入れた。

しかし、彼は医者にも馬屋にも治安官事務所にも寄らず、町で一軒の酒場の前でようやく馬を下りた。

「さて、第一陣がいつ来るかじゃな」

左手の声は楽しそうである。

第一陣とは？

ひょっとして、それまでの人生を捨て去って殺戮にふけりはじめた奇怪な三人のことか。彼らの正体をすでにDは知っているのだろうか？

だが、

「どんな奴らかは知らんが、三人組というのは、ヴラドルフ家の伝統じゃ。それも、揃って結構な凶漢どもという」

「下人として眼醒めるまでは、ただの人間としての人生を送っていたというな」

「全く――貴族というのは罪なことをするわい。そのままいけば、三人とも平凡な一生を送れたものを」

Dは応じず店内へ入った。

夕方近くなのですでに人は多い。町の者七割、旅人三割――〈辺境区〉の標準だ。

胡散臭《うさんくさ》げに向けられた視線が、たちまち恍惚《こうこつ》にとろけた。

Dはカウンターの前で、ウィスキーを注文してから、

「おかしなものを見たか、聞いたかした者はおらんか？」

嗄れ声が訊いた。

大半がのけぞり、アルコールを吹き出したが、

「礼はする」

Dのひと声で、ひとりがおずおずと、

「アミティスの村で、大量の殺しがあった。酒場へ入って来た小娘に誘われて出てった戦闘士たちが、一〇人近くミイラみてえに枯れ果てて見つかったとよ。全員の心臓の上に、真っ赤な薔薇が咲き誇っていたとよ」

男の膝の上に、一ダラス硬貨が落ちた。

次の発言者も、これを受けてのものであろう。別の旅商人が、

「〈東〉と〈北〉の境がぶつかる岩山で、二〇人近い役人が捜査犬もろとも骨になってたそうだ。あちこちに蜘蛛の巣みてえな糸が引っかかってたと、そこを通って来た楽士のひとりから聞いたよ」

「おれは——クリア川のほとりで、この眼で見たよ。水辺にいた若いのが、片手を流れに突っこんだら、もの凄え水蒸気が立ち昇ったんだ。遠眼にも、一〇メートルは上がったな。ところが、そこへ棺桶そっくりの石の箱が流れて来て、そいつの前に止まった。中から出て来たのは、青黒いマントの人影だった。若いのはそいつに抱きついた。二人とも燃え上がってたちまち灰になってしまったよ。ところが、どっちもすぐに復活して、マント野郎が若いのに何か言ったんだ。若いのもそれ以上攻撃しなかった。それからどうしたかはわからねえ。青黒いのがこっちを向いたんで、泡食って逃げ出したのよ」

「これで第一陣じゃ」

嗄れ声が、また男たちを震撼《しんかん》させた。

「おまえに嘘をつけるはずもない。どうする？」

Dは、これも恍惚状態のバーテンへ、

「水をひと瓶もらおう」

と言った。カウンターの下から出したそれを摑むと、硬貨を置いて店を出た。

注文したウィスキーのグラスを、バーテンが情けない顔でいつまでも眺めていた。


Dが馬をとばしたのは、町の北門から一キロほど離れた砦《とりで》の跡であった。

貴族に対する大反乱のひとつが起きたのは、五〇〇〇年ほど前である。人間たちは各地に砦を造り、武器を集めて支配者に戦いを挑み——半月と保たずに敗北した。力が違いすぎたのである。以後、大規模な反抗は陽光の下の霜のように消えた。

いま、Dが足を踏み入れた砦は、その名残りであった。

崩れた土塁や壁や重なった瓦礫《がれき》を見れば、敗北の理由は一目瞭然だ。すべては粘土と石と木を混ぜた代物で、あちこちに転がる火薬銃や弩も、金具部分は錆びついた旧式だ。いまの歴史研究家が見たら、よくもこんな品で貴族に挑んだものだと、恐怖のあまり感動さえするだろう。

「人間の勇気の成れの果てか——さてと、いつ来るかわからんが、用意だけはしておこうかの」

左手の声に促されたわけでもあるまいが、Dは手にした水の瓶の首を指で弾いた。それは鋭利な刃の切り口を残してとんだ。

Dは身を屈め、黒い土に右手の五指をつけ根まで打ちこんだ。

ひと掴み土をえぐり取ると、瓶の水をそこにこぼし、こね廻して、大きめの泥団子を作った。

左手をそれにかぶせた。じゃりじゃりという音は、明らかに咀嚼音《そしゃくおん》であった。

「地と水」

Dはつぶやくように言った。

泥がひとかけらもなくなると、彼は五指を開いたまま左手を高く掲げて、思いきりふり下ろした。

ごお、と風が鳴った。

手の平に小さな顔が生じていた。そのさらに小さな口に、唸《うな》りは吸いこまれた。

見よ、小指の先ほどの小洞の奥に、青いかがやきが生じたではないか。

炎だ。

「地水火風――すべて揃った」

と左手が言った。

万物を構成する四大元素を、Dはエネルギーとして体内に取りこんでいるのだ。

「〈東〉〈西〉〈南〉からヴラドルフを目指せば、この地点を通過するのは、いちばんの早道じゃ。さて、どいつがいちばんにやって来る？」

Dはこのとき、街道の奥に眼を向けていたが、

「どいつも、だな」

と応じた。

「なぬ？」

「偶然か、故意か——三人揃って来る」

「これはこれは——歓迎準備をする暇はないのぉ」

やれやれ、という口調の中に、不敵な響きがあった。

Dは少しの間、街道を見つめてから、廃墟の中へ踏みこんだ。

夕暮れ近い光が裏庭を歩む二人の女の影を、長く地に落としていた。エマがこの家に移ってから一度も掃除をしたことがない庭だ。長年月の放置のせいで、芝生は雑草に覆われ、彫像は砕けて、荒涼を極めていても不思議はない——どころか当然だ。

それが、鮮やかに切り整えられた芝生の踏石を二人が進むにつれて、その足下に色とりどりの花が開いていく。

「どうして、そう辛気臭そうに歩くの？　見てると辛くなるわ」

と言ったのはベネッサだ。

「あの人は何処へ？」

エマの返事は答えではなかった。最も気になることを口にしたのである。

「多分——あなたを助けに行ったのよ」

ベネッサは、村で買って来たインスタント・プラントの種を、庭に蒔《ま》いているのだった。

いま、足下に咲き乱れる花々は、その成果であった。

「私を？　わからないわ。私や貴族のことなんか何も知らないはずよ」

「ああいう連中は何もかも私たちの範疇《はんちゅう》を超えてるのよ。考えたって無駄。そもそも、何千年も前からあなたを花嫁にするつもりでいたなんて、いちばんの謎よ。それが通るなら、何でもオッケーだわ」

「それもそうね」

エマがくすりとした。

二人から少し離れた位置で、

「へえ。はじめて見たぜ」

迷彩服姿のギャラモン兄弟が立っていた。不躾《ぶしつけ》な感想はデレクのものである。

「あんたでも笑うんだな。いや、別嬪《べっぴん》のくすりは、醜女《しこめ》のばか笑いの万倍の価値があるというが、本当だな」

「醜女って誰のことよ」

ぷうとふくれたベネッサへ、戦闘士のボスは、あわててかぶりをふってみせた。

「あんたも別嬪さ。自分でもわかってるだろ」

「ふん」

とそっぽを向いたが、顔は少し笑っている。満更でもないのだ。

気を取り直して、

「この家には、もうひとりおかしな奴がいるのよ。ちゃんと見張っててよね」

「任しとけ。おれの見たところ、あいつも同業者だ」

「何、それ?」

二人の視線が陽灼けした顔に集中した。

「おれたちと同じく、誰かに派遣されたお護り役ってことさ。その証拠にあんたたちやおれたちに対しては、出て来ても殺気が感じられねえ。感じたのは一度——あの色男がやって来たときだけだ」

返事はない。女たちも知っているのだ。

「あのでかいのも化物だが、色男の方はもっとスケールがでかい化物だ。だがな、じきに戻って来るから安心しな」

「戻って来る?」

「ああ。これもおれの勘だが、最後の決戦場はここだ」

デレクは地面を踏みつけた。紅と青の花が二、三本つぶれた。

「必ず戻って来る。そして、あんたを狙う貴族も、な」

――こいつらがどっかへ行かないかしら
とベネッサは考え、

――早く、戻って来て
とエマは痛切に願った。

――無事なお姿で

2

街道の奥から、三頭のサイボーグ馬の姿が明確になって来た。否、ひとつは巨大な蜘蛛だ。

その上に老婆が乗っている。

廃墟の壁から身を離し、Dは路上に出た。

三人は停止した。距離は約七メートル。

「ヴラドルフ公爵の配下だな」

と言った。質問ではない。断定だ。

「だとしたら、どうする？」

向かって左側の若者が訊いた。

「花嫁殿に雇われた用心棒か。邪魔をするのはいいが、ロクな死に方はしないぜ」

恫喝《どうかつ》の声も虚ろめくのは、Ｄの美貌のせいだ。

「しかし――何とまあ」

蜘蛛上の老婆が呻いた。

「――美しい男だこと」

白いドレスの娘など、夢うつつの眼差しである。

「殺すなんて出来ない」

と白い娘は続けた。

その眼が凄惨《せいさん》な光を帯びた。

「――昔のあたしなら、ね」

「でも、いまは敵だよ」

と老婆も加わった。青い闇の中で二人の眼は赤光を放った。

「どきな。どかなきゃ――通るぜ」

若者の全身から、炎の色が滲《にじ》みはじめた。

Ｄの背が鞘鳴りの音をたてた

白い娘と老婆が素早く街道の両側へ走り出す。

若者が素早く下馬するや、サイボーグ馬の尻を叩いて逃がした。

Ｄの全身を熱気が叩いた。

街道脇の木立ちが燃え上がる。

Ｄは大きく後方へ跳んだ。二度、三度と下がる。

着地した地面が燃え崩れたのである。

森も燃えた。廃墟も炎に包まれた。

「おれの炎は一〇キロ四方に届く。逃げられやしねえぞ、ほおら」

炎は虚空へのびた。

すぐに炎の塊が落ちて来た。上空を行く鳥であった。

Ｄは左手を上げた。

その手の平から、ひとすじの水流がこれも天空へと上昇したのである。

灼熱の大気にもそれは蒸発せず、Ｄの頭上に霧となって降り注いだ。

全身がそれに煙った刹那、黒衣の姿は大きく地を蹴った。

炎が迎え討つ。

その身体の頭頂から股間まで、着地の勢いを膂力に加えた一刀――遅滞なく切り裂いた。

「やるねえ」

と若者は呻いた。

みるみる生身の身体に戻る。

「やっぱり——工夫やってた方が……よかった……な。なあ、もう一撃くれや」

Dの刃が一閃した。或《あ》るいは慈悲の一撃だったかも知れない。だが、それは再度、頭頂から胸部まで斬り下げたところで止まった。若者の身体はまたも鋼と化していた。

「動けねーだろ」

鋼の顔が確かに若者の笑みを作った。断末魔の痙攣《けいれん》がその上を渡った。

「片づけろ！」

叫びと同時に、大蜘蛛が朱い糸を吐いた。数千条の糸は、ぴらぴらと舞い降り、岩と木立ちに吸着し、夕暮れの空に巨大な幾何学模様を描き出したのである。

糸はDの全身にも貼りつき、白煙を噴き上げた。Dは切断を試みたが、身体は動かなかった。粘る糸は鉄の強靱《きょうじん》さを秘めていたのである。

大蜘蛛と老婆は、その上を滑るように渡って、Dの頭上で止まった。

「この糸は肉を溶かす。おまえも、そう変われ」

白煙の中の嘲笑であった。

白煙の中の嗄れ声がそれに応じた。

「断るわい」

不動のみ許された美しい人影の右手が走った。

その刀身は糸よりも赤く燃えていた。だらしなく垂れる糸をなおも切り裂きながら、Dは跳躍した。

老婆が微笑したのは、彼の美貌が眼前に迫ったからか。

皺だらけの口が開いた。そこから白い流れが吹きつけたのである。おびただしい骨片が。

間一髪、Dは左手で顔面をカバーしたが、数十片を受けた。血が飛んだ。

はきゃきゃきゃきゃと老婆が歯のない口で笑った。彼女が吐いたのは、大蜘蛛の噛み砕いた骨片であった。

「〝金剛〟の胃液と混じるとね、ただのカルシウムも鉄の弾丸に変わる。せっかくの色男が台無しだね」

老婆には、Dがのけぞって見えた。まさか、風を巻いてふり戻って来るとは。刃はボロをまとった心臓を難なく貫いた。のけぞるのは老婆の役目であった。

それを引き抜いたDの刀身は、とどめとばかりに皺首へと旋回する。その軌跡が大きく乱れた。

Dはよろめいた。のみならず、刀身を地面に立ててそれにすがった顔は、みるみる蒼白になった。

「血が無くなったぞ」

嗄れ声が叫んだ。驚きの響きは、彼にも原因がわからないと告げていた。

Dはぼんのくぼに手を当てて、何かを摑み、引き抜いた。

真紅の薔薇を。

「さっき、婆《ばば》の骨片と一緒に種を蒔いた」

と白いドレスが言った。

「うまく咲いたわ。それはいくら除去しても代わりが咲き誇る。おまえの血が一滴残らず失われるまでね。もう邪魔は出来ないわ」

少女は高らかに笑うと、寂しげな表情でDを見つめた。

「でも、あなたみたいな綺麗な人を殺すなら、私もただの農夫の娘でいたかった。ごめんなさい」

「謝らんでよろしい」

と嗄れ声が言った。

「え？」

見開いた眼の中で、黒衣姿は静かに立ち上がった。

「残りの種子は灼き尽した。一本残したのは、ま、座興《ざきょう》よ。しかし、こいつが苦しんでいるのは確かだ——その間に家へ帰れ」

動揺に身を任せる娘へ、

「そうだ、早くお行き」

と促した者がある。左胸を鮮血に染めた老婆であった。だが、Dの必殺の一刀に心臓を貫かれた身で、何たる生命力か。

「あたしたちはもう駄目だが、あんたはまだ戻れる。早くお帰り。そして、まともな薔薇づくりに精をお出し」

娘の頰を涙が伝わった。

嗄れ声と老婆の勧めと——どちらも心の底からだと身に沁みたのである。

「早く」

老婆はこう言って、身を伏せた。


柩の中で、かすかな機械音が鳴った。


娘がサイボーグ馬ともども身を翻した。

「ありがとう！」

それは老婆と——Dに向けられたものか。サイボーグ馬の手綱を絞り、脇腹を蹴るや、娘はサイボーグ馬に引かれるように身をよじって、やって来た方角へ走り出した。

Dは見送りもしなかった。その眼は老婆に向けられていた。

誰もいなかった。黄土色の粘塊が路上に広がっているだけであった。

「第一陣は片づいたの」

と左手が言った。

「だが、二陣三陣――最後はご本尊のお出ましじゃ。まだまだ息は抜けんわい」

すぐにDが手綱を引き絞り、サイボーグ馬は逆の方角へ土を蹴りはじめた。


かん高い警報装置の叫びが、ベネッサの眼を開かせた。

「これは一大事」

ベッドからはね起き、サイドテーブル上の火薬銃と点けっ放しの電子ランプを掴んでドアへと向かった。

スリッパではなく靴を履く。動きは自由でなくてはならない。

廊下からエマの部屋の前まで行っても、警報装置は熄《や》まなかった。

鍵がかかっている。手首につけている合鍵を外そうとしたとき、廊下の向うから風のようにやって来た人影が、デレクの形を取った。あまりの早さと足音ひとつたてない走法に、

「家の中にいたの?」

思わず訊いたとき、

「裏から来た」

この男ならそれもありか、とベネッサは納得した。

何とか鍵をさしこんでドアを開くや、

「待ってなさい」

とデレクに指示してとびこんだ。乙女の寝室だ。

エマはベッドに上半身を起こしていた。ベッド脇の電子灯の光の中で、普段から血の気の薄い顔が、まるでガラス細工のように色を失って見えた。

ベッド横の一点を見つめる瞳には、恐怖がなお留まっている。電子灯でそこも他の場所も無人なのを確かめ、ベネッサは、

「エマ⁉」

駆け寄って、サイドテーブルの警報を切ってから肩をゆすった。

虚ろな眼がベネッサの顔に移り――恐怖の代わりに安堵が流れこんだ。

「どうしたの⁉　――夢？」

エマはその腕に顔を乗せ、長い息を吐いた。

「あの人が――いたの」

顔だけさっきの位置に向けて、

「でも――夢だったのかも知れない」

「夢ね」

ベネッサは力強く保証した。

「何か言ったの、そいつ？」

「いえ、何も。じろりと見ただけ。あなた——すぐ来てくれたから」

「夢よ、夢」

ベネッサは、まだ早い呼吸《いき》を続ける肩を優しく強く叩いて、エマを横たえた。

「隣りにはあたし——裏にはあいつらがいるわ。ボタンひとつで三〇秒で駆けつけるわ」

「ありがとう。安心した」

「任しとき」

ベネッサは、豊かな胸をばんと叩いて、もう一度無人を確かめてから、外へ出た。

立ち尽しているデレクへ、

「あとの二人はどうしたのよ？」

「邸内を見廻ってる。異常はなさそうだ」

緊張した風もない顔へ、妙な信頼を感じながら、

「どうせ聞いてたんでしょ。どう思う？」

立ち聞きしてたわね、という意味だ。

「こういう例は幾つも耳にしてるし、見たこともあるが、正直、わからんのだ。単なる夢の場合もあるし、起きていても見える幻もあり得る」

「——実体ってことも？」

デレクは無言でポケットから直径五センチほどの球体を二つに割った片割れみたいな品を取り出し、ベネッサに手渡した。

〈都〉の武器製造業者に作らせた霊体センサーだ。実体か幽体かを区別し、トップから放射するX磁場で拡散させてしまう」

「へえ——便利な品ね。実体だとしたら？」

「この眼の部分から麻痺線《パラライザー》が放射される。中型火龍くらいなら一発だ」

「ねえ、余ってないの？」

「ない」

この女は、という眼つきを睨み返したとき、警報が鳴り響いた。

愕然《がくぜん》とドアへ——今度はデレクが先だった。

ベッドの上に、またも半身を起こし、さっきと同じ方へ金縛りの視線を向けたエマと——そこに立つマント姿がはっきりと見えた。

「青黒いマントをまとった影が」

「何者だ⁉」

3

声は同時であったが、次の行動はデレクの方が早かった。

その胸もとから、灰色の翼を持つ影がひとつ、飛燕《ひえん》のごとく飛び出したのである。

目標はマントの男。

「あと八日」

にんまりと笑った妖鬼の顔面に貼りついたのは、一羽の大蝙蝠《こうもり》であった。

それから生じる事態は、誰にとっても興味を引くものであったろうが、蝙蝠は素っ気なく顔から離れ、素早く体勢を立て直すと、デレクの右肩に帰還した。

その醜悪な顔をちらと見て、

「血を吸っちゃあいない——幻か」

とデレクは納得した。生物攻撃をかける寸前、敵が消え失せたのはわかっていた。

「エマ——!?」

ベネッサが走り寄った。ベッド上のエマが、花のように崩れたのだ。

火薬銃とランプをサイドテーブルに置いて、しっかりしろと声をかける。

見えざる妖気を浴びたのか、蒼白失神状態であったが、デレクがテーブル上のワインをグラスに注ぎ、ひと口飲ませると、弛緩《しかん》した身体に力が甦《よみがえ》った。

「あと六日」

エマの声は末期のそれのように響いた。

影もそれを言いに来たのだろう。

「ついててやれ」

ベネッサへ言い置いて、デレクは部屋を出た。

下へ降りると、二人の弟が両脇に並んだ。

「野郎、どうしても来るつもりだ。ここへ来る前に撃退しなきゃならん。ひとつ出張といくか」

不敵な笑みを浮かべたが、

「だが、見えない用心棒――あいつが貴族の尖兵とも限らねえ。やはり、お待ちしてるとするか」

二人の弟もうなずいた。

「何か、蝙蝠が騒ぐなあ」

と陽光の空を見上げた若い農夫の視界は、何ら整然たるところのない翼持つ哺乳類に覆われていた。〈南部辺境区〉の寒村ダマストラの朝である。

〈辺境〉では蝙蝠も陽光の下を舞う。舞うが、その習性は〝天の使い〟と呼ばれる。農作物にたかる邪虫や悪虫を片端から食い取ってしまうのだ。

もうひとりのやや年配の農夫も、

「たまに騒ぐことはあるが、今日のは危ねえなあ」

鎌を握った手をかざして、苦い表情をこしらえた。

「あの下は何処だ？」

「村長の家だぞ」

「はあん」

二人揃って、何か後ろめたそうな表情を作った。あることに納得してしまったのだ。

二人の背後から、サイボーグ馬の足音が近づいて来た。

ふり返って、

「こりゃ治安官」

と会釈してみせたが、立派な顎鬚《あごひげ》の大男は、馬上から応じもせずに二人のかたわらを走り抜けた。二人の助手が後に続く。こちらは顔馴染みのもと流れ者と賞金稼ぎ《バウンティ・ハンター》だから、軽く不敵な笑顔を見せた。

「村長め——使い込みでもバレたかな」

若い方が大声で決めつけ、年配もうなずいた。

三人は村長宅の前でサイボーグ馬を下りた。

治安官は、職務遂行の癖で顎鬚をひと撫《な》でするると、その手を上衣の内ポケットに触れて逮捕状を確認した。〈辺境〉での執行は、文書手続きは後廻しの強制執行だが、これは一年前からの案件であった。

助手のひとりに裏へ廻れと告げ、治安官は呼び鈴の鎖を引いた。

聞き慣れた小さな足音が近づき、すぐに錠を外した。

膝までしかない小さな顔へ、

「よう、ベン。パパはいるか？」

少年はうなずいた。背後は静まり返っている。空気にはパイプ煙草の匂いが混じっているが、それはいつものことだ。

「用があるんだ。入らせてもらうよ」

少年は俯《うつむ》いたまま、横へのいて二人を通した。これまで声を出したこともないし、これからもそうだろう。生まれつき口がきけないのだ。

しかし、この子が出て来るとは、意外な出来事といってよかった。いつもなら姉のケティが妙に貴婦人ぶった仕草と声で迎えるか、母親が出て来るのだが。留守か、と思ったが、ベンはいるとうなずいた。

田舎の村長宅にしては分不相応な邸宅のため、三人のいる玄関から左右に通路がある。左が居間だ。

「こっちか？」

少年に訊くと、またこっくりした。

「悪いが入るぞ。お上の御用でな」

冷たいものが、治安官の背すじを通り抜けた。いま、こいつは笑わなかったか？

だが、ドアが眼の前に迫っていた。

一歩入った途端、治安官と助手は眼を剝いて立ち止った。

夫婦と祖母がソファに倒れている。全員、真っ黒だ。猛烈な臭気にようやく気がついた。

「こりゃ、一体？」

声をふり絞ってからふり返ると、少年のかたわらに、頭ひとつ大きな少女が立っていた。

「ケティ――何があった？」

と訊いてから、娘がハンチングを被り、リュックを背にした旅姿なのに気がついた。ベンも同じだ。

少女――ケティは日頃の愛くるしい笑みも忘れて、二人の大人を見上げていたが、すぐ、

「邪魔しなきゃよかったのに」

と言った。

「邪魔？」

　それでも気づかず、

「誰の邪魔だ？　――おまえたち、何処へ行く？」

「やっと眼が醒めたのよ、あたしたち」

　声はいつものあどけない響きを残していたが、口調は氷のようであった。

「これまでの人生は偽りだったって。本当の目的は公爵さまのためにあるんだって」

「これは……おまえたちがやったのか？　父さんと母さんと……」

「そうよ」

　娘――ケティは、ぞっとするほどあっさり認めた。

「いいじゃない。パパはどうせ、収賄《しゅうわい》か何かで捕まっちゃうんでしょ。みんな噂してたもの」

「それはそうだ。しかし――二人とも動くな」

　腰までしかない子供たちに、治安官は腰の火薬銃を向けた。

　ケティは怯えた風もなく、

「あら、治安官も邪魔するつもり？」

「パパとママとお祖母さんを――一体、何に憑かれたんだ、ケティ？」

「やだわ。もう言ったじゃない。自分の本当の姿に気がついたんだって」

「本当の姿？」

「そうよ。ねえ、どうしても邪魔する気?」

「そうだ。子供とはいえ、やり過ぎだ」

はっきりとした殺意が治安官の眼を染めた。それに気づいたか、ケティは小さく、

「ベン」

と声をかけた。

「ここはあんたに任せるわ。手なぐさみのつもりで片づけておしまい」

「あーい」

ひょいと前へ出た小さな男子へ、治安官と助手はためらうことなく銃口を移した。

「動くな。本当に射つぞ」

「どーぞ」

少年の胸がふくらんだ。息を吸いこんだのだ。

そこから放たれた風が火薬銃を握った手首を包むのを、二人は感じた。

反射的に引金《トリガー》を引いた。

撃鉄が弾丸の底を叩く音はしたが、銃声には化けなかった。夢の中のように急速に錆びついた火薬銃は、さらに腐蝕し、銃身も本体も引金も銃把も粉状に崩れたのである。

いや、手首を見よ。皮は剝がれ肉は溶け、骨さえ塵《ちり》と化したではないか。

七つに満たぬ顔見知りの子供の仕業《しわざ》だ。何よりもこの事実に立ちすくむ男たちの全身を、新

たな風が包んだ。

　床に積まれた二つの灰の山を、何の感慨もない眼つきで見下ろし、微笑した。

「行こうか、ベン」

「行こうよ、ケティ」

　二人が家を出て裏へと廻り、残る助手の片手を消滅させ、農作業用の電動荷車を運転させて村を出て行ったのは、それから十数分後のことであった。


　同じ頃、〈東部辺境区〉のコステロ村では、昨夜亡くなった老大工の葬儀が行われていた。

　九〇を越えた年齢《とし》で家族もなく、しかし、商売だけは三〇余も若い風にやってのけていたから、村長を含めて参列者は多かった。

　祈りが捧げられ、故人の遺徳を讃える弔辞が続き、やがて墓掘人が、土を被せはじめると人々は去りはじめた。

　悲鳴が一同の足を止めたのは、村長が墓地の入口に辿り着いたときである。

　墓掘人が、盛り土のかたわらにへたりこみ、恐怖の表情で墓穴を凝視している。

　晴天だ。それにふさわしからぬきつい音が墓地全体に渡った。

　柩の蓋が開く音だ。

「おい」

誰かが呼びかけたが、応える者はない。

陽光燦燦たる天地で、あり得ぬはずの出来事を確認すべく、眼差しを注いでいた。

予想は適中した。

墓穴の縁に、青白い、染みだらけの手が貼りついたのである。

ふわりと浮かび上がったのは、仕事着に身を包んだベンディクス爺《じい》さんであった。

草の上に下り立つと、彼は思いきり両手を頭上へ伸ばして、長い深呼吸をした。

「生まれて九〇年――偽りの人生を送って来たが、ようやく第二の人生を迎えたぞい。感謝しますぞ、ヴラドルフさま」

そして、老人は凄まじいスピードで正門とは九〇度の位置へと走り出し、軽々と飛び越えて、姿をくらましてしまった。その背中に一緒に埋められたはずの革の道具袋を担いでいたことは、みな後になって思い到った。


同じ頃、〈西部辺境区〉のシュパンドフの村では、開村一五〇周年の祭りの準備が整えられ、村の広場には、射的、弓的、幻燈会、軽業《かるわざ》等々のアトラクション施設を建てる金槌の音が四囲を圧していた。

多くは旅芸人の集団だが、五〇名規模の大集団から、一〇名、五名といった標準クラス、果てはコンビとピン芸人まで勝手にスペースを確保し、とんだり跳ねたり歌ったり火を噴いたりしている。

その中でひときわ目立つのが、〝幻針〟と赤地のシャツを青字で染め抜いた二人組《コンビ》であった。

何が目立つかというと、片方は虹色の長衣をまとった女なのだが、これがどうかすると二人にも三人にも見える。

しかも当人が眼を剝くような濃艶なる美女と来ているから、嫌でも数少ない見物人たちの眼を引く上に、片足立ちで全身を回転させるると、その身体がみるみる一〇人にも二〇人にも増えて、客たちに艶然と微笑《ほほえ》むために、たちまち人垣が出来る。農民といえども〈辺境〉の人間は大概、ナイフくらいは携帯しているものだが、火龍やひとつ眼熊の出現に怯えるここでは、大型の斧《おの》や蛮刀《ばんとう》が多かった。

「さて、みなさん――お昼過ぎ、正式開催前のお慰み。このミーマの幻たちを断ち切って、見事あたしに触れてごらんなさい。出来た方には、今夜ひと晩、二人きりの熱い時間を約束いたします」

傾城《けいせい》の美女にこう言われ、生赤い舌で唇をひと舐めされたらもういけない。何もわからず、男たちは腰の武器を手に、女――ミーマを取り囲んだ。すぐ横に立つ相棒の男の口もとには、露骨な蔑笑が浮かんでいるが、気がつく者はない。

「一〇と四人――では、ミーマの幻をその手の武器で何とかしてごらん――はいっ」

美女の手が長衣の両肩に当てられ、そこから左右に広がった。

おお⁉　と驚愕の叫びは、その手の先から全裸のミーマが出現し、彼らの前で踊りはじめたからだ。

本体は長衣姿なのだから、幻に決まっている。だが、眼鼻唇の造作の美しさ、艶やかな肌と動きのなまめかしさは、それを忘却させた。

幻の女たちはそれを狙っていたに違いない。重力を無視して宙を舞い、次々と男たちに抱きついたのである。柔らかな唇が重なっても男たちは避けなかった。むしろ自分から熱い身体を迎え入れた。

その唇の間から苦鳴に近い声が洩れたのは数秒後であった。重なった女の唇は離れなかった。否、女の顔はすっぽりと男に重なって、鼻もふさいだ。呼吸は完全に停止させられたのである。

「く……くく」

逃れようとしても、女の身体は濡れた薄紙のように吸いついて動かなかった。男たちは斧やナイフをふるったが、刃は女体に刺さったきり動かず、暗紫色に変わった顔たちは、次々に倒れた。

窒息死寸前に、死の幻は離れた。

「どうしたどうした。大の男が女の幻ひとつ自由に出来なくちゃ、この先、生きていけないよ
——あたしの彼を見てごらん」

女はかたわらの若者を指さした。

一〇名を超すミーマが殺到する。若者は笑顔で受けた。

その腰の長剣が閃《ひらめ》いた。

いまだ酸欠状態の男たちが眼を見開いた。

見よ、幻の女たちは次々と消えていくではないか。

遠巻きにした人々には、倒れた男たちと立ち尽す男女しか、見えなかった。

「私の幻の急所はみな違う。そして、知る者はこのイーマだけよ」

ミーマの哄笑《こうしょう》は朝の空気を震わせた。

「もしも気に入ったら、夜の部も見においで。幻のあたしのひとりでも殺せたら、一〇〇ダラス進呈だよ」

それまでひと言も話さなかった若者も、

「よろしく」

と薄笑いを浮かべて背を向けた。

割り当てられたのか、勝手に決めたのか、赤いロープで囲んだ地所の端にサイボーグ馬が三頭つないである。一頭は荷物運び用らしく、背中に鞍《しら》はなく、木箱が幾つも結びつけてあった。

これから下ろして、準備を整えるのだろう。

だが、荷馬の方へ向かっていた二人の足取りが急に変わった。

それぞれの馬に駆け寄って跳び乗るや、若者――イーマが荷馬の手綱を摑んで、広場の北の出入口へと走り出したのだ。

　呆然と見送る男たちが、またも背すじに冷たいものを感じたほど、その顔には鬼気迫るものがあった。

第四章　新たなる敵影

1

同じ日の午後、岩から突き出た柩を見物しに来た観光客たちの数は千人を超していた。

「おかしいぞ」

と誰かが叫んだ。

「見ろ——柩が動いてる」

まるで、どよめきがそれを促したかのように柩は震えていた。

母の抱擁《ほうよう》から逃れる子供のように、それは岩壁からせり出し、人々のどよめきの中を、ついに岩盤を離れた。

村議会によって、観光用の場所は岩盤から一〇〇メートルも離れていたが、落下した柩は凄まじい現象を引き起こしたのである。

亀裂が縦横にのびた大地は、大きく陥没して柩をのみこんだ。その範囲を考えると、見物人がひとりも巻きこまれなかったのは奇蹟であった。

へたりこみ、或いは棒立ちになった彼らの耳に、水音が遠く聞こえた。地面の下には水を備えた空洞が広がっていたのである。のみならず、それが滔滔と流れる河と呼ぶべきものであったことと、石製の柩がその底をさらってもついに見つからなかったことが、村人たちの心胆を大いに寒からしめたのであった。

その日の午後、Dは前日死闘を繰り広げた場所で、街道の脇にそびえる大樹に身をもたせかけていた。

どう見ても全身を弛緩させた優雅で安閑たる姿であったが、通りかかった旅人や村の者たちは、その姿が眼に入る前に、冷風に打たれでもしたかのように襟を合わせ、恐ろしげに顔を見合わせて、逆の道脇に寄り、大樹の方を見ずに歩き出すのだった。

無論、Dは他の〈辺境区〉からの道が交わるこの地点で、新たな敵を待ち構えているのだ。

反対側からやって来た、護衛三騎竜にまたがった老人も、Dの方は見ずに通り過ぎた。

Dの超感覚にも異常を感じさせなかった老人は、そこから三〇〇メートルほど進んで道の右側へと折れた。草ぼうぼうの空地に半ば崩れ落ちた農家の廃墟が残っている。

老人は廃屋の玄関先で三騎竜の背から三個の革袋を下ろして、中身を草の上に並べた。

銀色の針金の束と半透明のシートを折り畳んだもの。最後はハンマーと釘《くぎ》、鋸《のこぎり》等の大工道具であった。

廃屋に近づき、玄関脇の壁に手を当てて押した。

不気味なきしみ音が、皺だらけの唇を笑いの形に歪ませた。

「いいところにいいものがあった。しかも、見てくれよりはずっと頑丈だ。修理の手間が大分省けるぞ」

彼は針金の束を肩に引っかけ、シートをひと巻き抱えると、ハンマーを握り、釘の箱をポケットに押しこんで、斜めにかしいだ家の玄関扉に手をかけた。

「今日はのんびりじゃな」

左手の声は、それから一時間ほど後のものだ。返事はない。そんなはずがないと、Dにはわかっているのだ。

果たして、街道の先から、荷馬車の轍《わだち》の音が聞こえて来た。

近づいて来たのは、六人の農夫が乗った荷馬車であった。うち四人は長い鎌を抱いている。いかにも農夫といった鈍重な男たちに比べて、御者台に乗った男女は華やかな笑みを外に撒いていた。特に女の艶やかさには、左手が、

「別嬪じゃのう」

と洩らしたほどである。

荷馬車は停止した。Dの前である。

「この辺は特に美人が少ないので有名じゃ」

左手がのんびりと指摘をした。

「――じゃが、それにしては、いまの御者の片割れは、村の連中が見たら、夢かと見紛《みまご》うぞ」

それに符牒《ふちょう》を合わせるように、

「その美しさは――Dだな」

と呼びかけたのは、御者台の女であった。

すう、とDは樹の幹から身を離した。女が身を固くした。Dの鬼気を感じたのである。

「あたしはミーマ。こちらはイーマだ。ヴラドルフ公の命により、おまえを討ち果たすべく長い眠りから醒めた」

「ご苦労なこっちゃのお」

と左手が揶揄するように言った。

「正直、おまえを斃《たお》すのは難しい。そこで手を組むことにした」

「先刻の三騎竜か」

女――ミーマは眼を見開いた。

「ほう、知っていたのか？」

と感じ入ったのは、隣りの若者――イーマであった。

「ああ。死体の臭いがしたでなあ」

と左手。

「――おまえたちと同じ臭いじゃ」

「そうか。では、その前に」

ミーマが右手を肩に当て、Dの方に滑らせた。

その手から数名――否、数十名のミーマが出現するや、泳ぐように宙を飛び、手にした長い筒を咥《くわ》えたのである。

音もなくDへ集中したのは、三角翼の吹き矢であった。射手の姿を見られてはまずい場合、闇夜でも日中でもかなりの遠方から攻撃が可能な上、刀槍に比してほとんど無音――毒でも塗っておけば、刺された相手はこちらの場所を知ることもなく絶命する。

そして、ミーマたちは――ミーマの幻は、水流を行く優美な魚《うお》のように身をくねらせつつ、吐息の矢を放ったのである。

Dのコートが翻り、矢はことごとく跳ねとばされたが、空中のミーマは信じ難い速さでDへと殺到した。その手に閃くナイフは幻ではないのか。

別の光が虚空に十文字を描いた。

半透明の布地と化して流れ去る幻身を、実体のミーマは愕然と見送った。

「あれだけの数を一瞬で——何という怖ろしい男」

「行くぞ！」

　イーマの叫びと手綱の音に、馬たちが疾走を開始した。

　Dもサイボーグ馬まで走るや鞍上人となった。

　五〇〇メートルほどの荒地に一軒の家が見えた。ミーマたちの馬車は街道をそれて、そちらへ向かっていく。

「農家はあったが、廃屋だったぞ」

　左手が低く告げた。

「嫌な感じがする。入ってはならんぞ。止まれ」

　Dはどうするつもりだったのか、サイボーグ馬の速度は変わらず、しかし、先を行く荷馬車の上で、ミーマがふり返った。

「ついて来い、ついて来い。ほうれ」

　まだ可憐さを残した顔が、邪悪にひん曲がると、彼女はまたも肩に手を当て、分身を飛ばした。

　そして、四人のミーマは金縛りにでもあった風に動かぬ同数の農民たちの脇に手を入れて、ふわりと宙に浮き上がらせたのである。

　何らかの妖術で操り人形と化しているのか、農民たちは抵抗も示さずDに接近するや、手の

大鎌をふり下ろした。

それを受け、躱《かわ》したところへ、

「ははは。そいつらは死ぬまで攻撃をやめない。中止させるには殺すしかないぞ。いかに最強のハンターとはいえ、無関係の人間を殺せるか、Dよ？」

見透《みすか》したようなミーマの哄笑は、しかし、次の瞬間、驚きの叫びに変わった。

空中で体勢を入れ替え、ふたたびDめがけて泳ぎ寄った農民たちが、背後の幻身に操られるまま大鎌をふり下ろした刹那、彼らはその刃の向うで次々に血を吐き、のけぞったのである。

Dは容赦なく、背後の幻身ごとその胸を貫いてのけたのだ。

「き――貴様」

と言ったきり、魔性の女は声もない。彼女の目的は農民たちを操り人形化してDを襲わせ、Dが決定打を放つ前に、幻身たちによって致命傷を与えることであった。それには、無辜《むこ》の民へのDの気遣いが不可欠になる。ダンピールといえど、人間の血が混じっている以上、刃は必ず遅延する――ミーマには自信があった。

だが、その結果は――？　Dは彼女が想像するような存在ではなかったのだ。

「おのれえ」

呪いの言葉は歯噛みしながら吐かれた。二人は玄関のドア前で荷馬車から下りた。風を巻いて家の中へ飛びこむ。

Dはそのままサイボーグ馬の足を止めず、窓から突入した。

ぷん、とある臭いが鼻を衝いた。濃密な血臭であった。

「ついに来たのお」

ミーマともイーマとも異なる老爺《ろうや》の声が、空中の何処かから吹きつけた。

「わしの正体に気づいていたのは、わかっておった。この二人もろとも始末するつもりだったのじゃろうが、時間の余裕を持たせたのは千慮《せんりょ》の一失《いっしつ》よ。急造じゃが、このベンディクス爺さん施工の家で死ぬとは、運のいい奴じゃ」

Dのいるところは、広い居間であった。廃屋の面影など何処にもない。椅子にテーブル、絨毯《じゅうたん》等の家具調度も、まるで新婚家庭のような新品揃いであった。

「いらっしゃい」

背後で挨拶が終わる前に、Dの後ろなぐりの一刀で両断された薄布が床に落ちた。

「いらっしゃいませ」

「ようこそ」

滑り寄るミーマを難なく両断し、Dは不意に身体のバランスを崩した。

確かに堅牢な感覚を伝えて来た床が、不意に傾いたのだ。それだけなら、少しも異常なく行動し得る体術と神経を、この若者は持っている。しかし、バランスの異常は単なるずれではない根源的な崩壊感であった。

よろめく身体に三本のナイフが食いこんだ。

「ほぉっほっほっほ。わしは何もしておらん。体調の変化は、塗ったペンキのせいよ。それはそれは濃くて美味なるわしの血のな」

部屋に闇が落ちた。窓という窓に鉄のシャッターが下りたのである。

「これで逃げられぬし、空気抜けも出来ん。貴族の血を引いていたのが身の不運——わしらにはただの血臭にすぎん。さあ、早いとことどめを刺させい」

殺気満々たる声に応じて、Dの四方を十数名のミーマが取り囲んだ。

2

「かかれ！」

二人の声が重なった。のしかかる十数名のミーマの中にDは埋もれた。

ミーマとイーマの面輪が満腔の自信にふくれ上がった。

「いかん⁉」

とベンディクス老人の叫びが上がった。

「この手があったか——くそ、二階へ上がれ！」

その切迫ぶりに、異議申し立ても出来ず階段の方へ走りながら、ミーマは見た。

呆気なく切断された薄布と、血まみれの口もとを拭うDを。

「一体——何が⁉」

爆発寸前のイーマの叫びに、

「奴め——自分の唇を嚙み切ったのだ」

老人の声は震えを帯びていた。

「ああ、あの血の匂いには、わしの血も及ばぬわ。二階で迎え討て」

Dが階段を上りはじめたのは、二人の姿と老人の声が絶えてからだ。受けたナイフも消えている。

静まり返った廊下には、物音ひとつ血臭ひとかけらも及んでいない。右方へ廊下が通り、左右にドアが三つずつ並んでいるばかりだ。

不意にDは片膝をついた。額から汗を噴いている。受けた針の毒が効果を表わしたのだ。

「最初の一本を躱しそこねたか。こりゃ、猛毒だわい」

と左手がくぐもった声で言った。

「並みの貴族なら半日人事不省に陥るところじゃ」

「効いて来たようだな」

老人の声が言った。廊下の奥だ。Dの前を通過したときの姿で、老人が立っていた。背後にイーマとミーマが並んでいる。

「どうした？　わしらは手の届く距離におる。来れぬか？　ほほう、Dという名の男の力は、その程度のものか？」

三人は嘲笑した。すぐに切られたように呑んだ。Dが立ち上がり、ゆっくりと歩きはじめたのだ。

「信じられないわ。あの毒針を受けていながら……」

ミーマの声は、驚きも恐怖も超えた感動さえ含んでいた。

「だが、動くのがやっとだな」

老人は憎しみと安堵を込めた。

「さあ、来い。ここじゃ」

挑発がなくてもDは進んだ。

右足の二歩目を踏み出した途端、踏んだ板の先が左胸めがけて跳ね上がった。いつの間にか先端には五〇センチもある大釘が生えていた。

それが胸を叩くと同時に、床板は角度を変えてDの全身に貼りついた。

低い苦鳴を、三人は腹を抱えて聞いた。

うちひとつが突然、ぐえ!?　と変わった。イーマであった。その喉から胸もとへ一枚の板が貼りついていた。最初にDの心臓を貫いたはずの板であった。釘はいま、イーマの喉をうなじまで貫通していた。

「D――貴様!?」

愕然と立ちすくむベンディクス老人とミーマの前で、黒い影が身体をひとつゆすった。血にまみれた釘付きの板は、ことごとく元の位置に戻った。

「心臓を狙った一枚さえ防げば、後は爪楊枝でチクリされたようなものよ」

嗄れ声が嘲笑した。

「上へ……屋根裏へ行け……」

立ちすくむ二人へ、こう告げたのはイーマである。

「でも――」

ためらうミーマへ、

「奴は……おれが……仕留める。行け！」

苦痛から出来上がった指示には、何やら不敵な自信があった。確かにやって来るDの黒衣は十数個所から血を噴き、プラス毒のせいで足取りも重い。だが、イーマとて喉からうなじを大釘で貫かれた、いわば瀕死の重傷だ。不死身に近いダンピールを、否、Dをどう討つ心算か？

Dを見据える顔が、このとき焙られた蠟細工のようにとろけた。いや、毛穴から噴き出した脂肪分が覆ったのだ。それにどんな成分が含まれているものか、忽然とイーマの全身はDの視界から消滅した。服すらも呑みこまれたのだ。

「ほう、気配も塗りつぶされたか」

左手の呻きは、敵の消滅が只ならぬものであることを告げていた。

すでにイーマはDの前に、横に、背後に迫っているに違いない。迎え討つ技はあるのか、Dよ。

Dは左手を肩の傷口に当てて離した。

その身体が回転するや、赤いすじも輪を作った。

一瞬とかからず、それは流れ落ちたが、Dの右後ろを飛んだ部分だけは残った。

Dは動かず、持ち替えた刀身はその脇の下から飛燕のごとく、留まる赤輪の下を刺した。

短く重い叫びが放たれ、刀身の消失部分にみるみる血の染みが広がると、透明脂肪の成分にも変調を来《きた》したか、たちまちに鳩尾《みぞおち》を貫かれたイーマが出現した。

Dが刀身を引き抜くと同時に、彼は前のめりに倒れ、Dは屋根裏への階段の方へ歩き出した。

屋根裏には何もなかった。

荷物ひとつない改装したての室内には、ミーマとベンディクス老人が立っていた。もうひとつ——二人の前に石の柩が。

「気をつけろ——ここまで追いつめられても、怯えておらんぞ」

左手の忠告に従うような男ではない。Dは前へ出た。

老人が言った。

「この家の持ち主は、存命中に何処かからあるものを運んで来た。だが、結局、どう扱っていいかわからぬままであった。当然じゃ、その蓋は人間の技術では永遠に開かぬ。このわしベンディクスの手にかからぬ限りはな。柩の中に眠るものを、わしは知っておる。さあ、長い長い間、待ちかねたであろう。いまこそ解放のときじゃ。その凶暴さによって、領主たる父から永遠にこの柩中に投じられた悪鬼の息子よ」

それだけで一トンもありそうな石の蓋は、ごろごろと下方へずれていった。中のものは、蓋が床へ落ちるまで待った。黒々と起き上がったのは、黒い頭布と長衣を全身にまとった人影であった。

それは顔を大きく上向けてから、激しく息をひとつ吐いた。それから背後の二人へ眼をやって、低く、冷たく、

「……よう五〇〇年の封印を解いてくれた。……感謝するぞ。その礼だ」

言うなり、長衣の内側から閃く一光。老人と娘は、その胸部から鮮やかに二つに割られていた。驚きの前の茫洋《ぼうよう》たる表情からして、長衣の者の手練を知るべきだろう。

「おい、何故じゃ？」

嗄れ声も、さすがに驚いた風である。

ゆっくりと長衣の顔がこちらを向いた。それは白い――子供が手がけたような、粗雑で平凡な眼鼻と口を備えていた。その口の奥で重々しきものが蠢《うごめ》いた。

「教えてやろう。じき後を追う身だ。父と母にこの身をこの柩に封じられた最初の一〇〇年――余は助けてくれる者がいたら、あり余る金銀宝石をくれてやろうと考えていた。さらに次の一〇〇年で、宇宙の秘密を教えてやろうと誓った。三〇〇年目には、貴族にしてやろうとさえ思った。それから四〇〇年目には、余を救い出した奴を、遅すぎたと殺してしまおうと思った。そして、五〇〇年目を迎えるときには、この世界の生きものすべてを抹殺すると誓ったのだ。いま人間二人を殺したのは、それゆえよ。いわば、余の礼だ。おまえにも――おおっ⁉」

愕然たる叫びは、黒雲《こくうん》のごとく巻き上がって落下して来たDの一刀を受けたためだ。長衣に隠した剣を持つ手は、骨の髄まで痺《しび》れた。

さらに横殴りに襲う刃の凄まじさ。こちらは受け損ねて、左の肋骨《ろっこつ》を数本切り離された感覚があった。

かろうじて上段からの一刀を返し、Dはとびずさった。

「はじめて会うたぞ、余と同等の剣をふるえる相手とな――これは嬉しい、美しい。おお、身体が血震いを覚えておる」

仮面の下で血走った眼が異様な光を放ちはじめた。

「さすがだ。すぐに眼を閉じたか。だが、遅い。一瞬とはいえど我が妖瞳《ようどう》を見た以上、それはおまえの脳に灼きつき、動きへの指示を麻痺《まひ》させる。おまえはもはや動けはせん」

正しく。Dは動きを止めていた。剣を持つ手も足も眼球も、毛すじほども動かせない。

「父と母が余を持て余し、ついに石の柩に封じこめた理由はこれよ。余は血を見ずにはおれぬ性質《さが》を持って生まれた。父母も他の貴族もこれを諫《いさ》めようとして、叶わぬとみると、刺客を送りはじめた。その数は千を超す。その誰ひとり、余に一太刀も浴びせられなかったのは、この眼のためだ。それは、いま、おまえにもわかっておろう」

長衣の貴族は右手に剣をぶら下げたまま、Dへと近づいた。

「まずは首を落としてから、四肢を打ち、臓腑《ぞうふ》を取り出して鳥の餌にとばら撒いてくれる」

息は荒く、胸もとに描かれた朱の筋からは、血の滝が流れている。恍惚たる表情は、Dの美しさ故だ。

だが、彼はDに近づき、最良の距離で一刀を右八双に構えた。後はひとふりでDの首がとぶ。

仮面の口の奥で光るものが剝き出された。牙であった。

渾身《こんしん》の力が両手に移動する――その寸前、眼の前に絢爛《けんらん》たる全裸の女が舞い降りて来た。

艶然と微笑みかける美貌と白い肉体の官能は、仮面の光を動揺させた。それどころか、女は全身で長衣の男に抱きついて来たのだ。華やかな色彩はDの姿を隠し、

「食らえ！」

それでも横に薙《な》いだ豪剣の一撃は、寸分の狂いもなく美女を裂きDの首を払った。

手応えのなさに愕然とするまで百分の一秒――神速の移動ゆえの幻影を斬らせて、Dは身を屈め、その胸もとにとびこむ速さとパワーを刀身に預けて、長衣の心臓を貫いた。

抜くと同時に、長衣は大きくよろめいたが、倒れはしなかった。

妖光を封じた女体を掴んで跳ねとばし、その軽さに驚きつつDめがけて突進する。その首を、うなじから前まで一気に黒い光が貫通してのけた。

今度こそ――凶猛無惨な貴族は前のめりに床を抱き、動かなくなった。

長衣がしぼみ、仮面が落ちた。下の顔はどのような凶相だったか――すでに塵と化していた。

「意外な味方がおったな」

左手の指摘に、Dは二つにされたミーマとベンディクス老人を見つめた。

妖瞳の光を遮った美女は布と化して床に広がっていた。とうにこと切れたミーマの頬に残る笑みは、自ら仇を討った歓《よろこ》びか、それともDを救った満足か。

老人の上半身が右手で石棺を差した。

柩の横に掘られた窪みから、ひどく原始的な弩《いしゆみ》と発射装置がせり出していた。

「この家を……修繕したとき……に……おまえ用にと仕込んでおいた……仕掛けじゃが……まさか……柩の本人に使用することに……なるとは……な……あれを……」

指はさらに回転して、柩の斜め後方に置かれた革袋を示した。

「わしの道具が……すべて入っておる……おまえなら……使える……だろう……持っていけ」

それだけ言うと指が垂れ、老人も首を落とした。

「とりあえず――進攻は防いだ」

と左手が言った。

「じゃが、本命が来るまで、まだ敵は減らぬぞ。こちらも準備が要るわい」

返事はない。

Dはもう一度、一時《いっとき》の味方二人に眼をやり、それから階段の方へ歩き出した。


その夕暮れである。

エマの家の呼び鈴が湿った空気を長々と弾いた。

ベネッサが出た。

相手は腰の丈ほどしかない男児であった。身の丈にふさわしいあどけない顔が、

「もうじきだよ」

と愛くるしい声で言った。

「え？」

と訊き返す前に、さっさと背を向けて、小さな姿は青い通りへ走り、村とは反対側の方へと見えなくなった。

「誰か？」

奥からやって来たエマが訊いた。

「五、六歳の男の子が来て――道に迷ったらしいわ」

エマはベネッサの顔を見つめて、

「嘘よ」

と言った。

「はい、ごめんね」

あっさり認めて、すべて話すと、エマは蠟《ろう》みたいな顔色になって、かたわらのソファに座りこんだ。呼吸が短くせわしない。冷汗の粒が顔を埋めた。

「大丈夫よ。あの子が奴の下僕だろうが身内だろうが、あなたを守っているのは、柄は悪いけど一騎当千の連中よ。それは認めるわ」

ベネッサは裏小屋のギャラモン兄弟を呼んで事情を聞かせた。

「そいつは明らかに奴の一味だな」

「ああ。尖兵かも知れんぞ」

「まさか――あんなに可愛い子が」

絶句するベネッサへ、嘲《あざけ》りの視線が集中した。

「それだから〈都〉の生活に慣れた女は困る。五つの餓鬼《がき》が旅人の喉を掻《か》っ切るのが〈辺境〉だぜ」

「何かが化けてたかも知れねえしな」

「とにかく、今夜からは二四時間態勢で護衛につく。家にもひとり詰めさせてもらうよ」

デレクの発言に、エマはうなずくしかなかった。

「いま、ベレタスが追ってる。じき戻って来るだろう」

ベネッサから話を聞いた途端、デレクが童子の追跡を命じたのだ。

「大丈夫でしょうか？」

不安を隠せぬエマへ、

「これからは奴らの時間だ」

とデレクが暮れゆく窓の方を見つめた。

「奴らと――おれたちの」

最後の力強いひと言が、エマの翳を拭い去った。

3

エマの恐怖は拭い切れなかったが、不思議と穏やかな気持ちを維持していられた。以前の自分なら泣き出さぬまでも、不安の重さに打ちひしがれていただろう。

浅いが暗い沼の中からエマを救い上げたのは、ベネッサであった。見てくれも精神の糾縄も太いこの娘は、折り折りにエマの人生を尋ねながら、同情も否定もせず、

「うむうむ」

「ふむふむ」

と受け入れ、

「うちの母なんかさあ」

と自らの家庭や履歴まで打ち明けたのである。

特に、

「母さん、あたしみたいに大《お》っきくてね、誰よりも食事量が多いのよ。うち貧乏だったから、それでもあまりお代わりなんか出来なかったの。そうすると母さん、ほんっとに悲しそうにあたしたちを見るわけ。みんな参っちゃってね。あたしいいから、おれの分もあげるって、パンもお肉もママの皿によそるのよ。母はそれでも、同じ眼つきで、じいっと父の皿と父の顔を見つめてるの。とうとう父も、わかったよ、この業突《ごうつ》く張《ば》りと自分のを分けると、やっとニコニコするの。その顔がみんな大好きだった。お腹が少し空くくらい、いくらでも我慢できたわ。そのお礼にとでもいうみたいに、母は他所《よそ》の農場や牧場で働いて、あたしたちには一度も働かせたりしなかった。しっかり勉強して、父さんと母さんを楽にさせてと言ってね。お蔭であたしたちは、みいんな〈都〉で学ぶことが出来た。ま、一発合格はあたしひとりで、後はみんな二回ずつ落ちたけどね」

「お父さまとお母さまはどうなさってるの？」

「あたしが卒業した年に死んじゃった。流行り病でね。だから、あたしは悲しんでいられない。

そんな暇はないの。そんなことしてたら、父と母に申し訳がたたないから。世の中、前進あるのみよ」

「あなたと話すと、いつもよく眠れるわ」

とエマは静かに言った。


さらに、おかしな話だが、裏の用心棒たちの影響もあった。

生命のやり取りを繰り返して来た血腥《ちなまぐさ》い、粗野な男たちには違いなかったが、そのせいか、言動は虚飾を欠いた質朴そのものであった。

「あなたと一緒になってもいいわよ、でも、あたしは長女だから、両親にそれなりのことをしてくれないとと言うから、ありったけの持ち金をくれてやったら、あの女《あま》、男と一緒に逃げ出しやがってよ。みなで追いつめたら、女は、騙《だま》されたのよ、ごめんなさい。男は、女に一杯食わされた、悪いのはあっちだ、と言い逃れしようとしやがる。頭へ来たんで、男をボコ殴りにしてやったぜ」

「女の人は見逃したのですか？」

「まあ、その辺はな。憎たらしいけど、一度は惚れた女だしよ」

そして、エマはまた微笑みを浮かべたのであった。

「これには後日談があってな。結局、その二人は結婚しやがったのさ。詐欺師《さぎし》どものコンビだ。

まともな生活が送れるわけはねえ。やがて、その筋の連中に追われて〈北〉から〈東〉へ逃げる羽目になった。そして、よりにもよって、おれたちにガードを依頼して来やがったんだ。しかも金は払えねえと、こうだ。笑う他ねえやな」

「——それで、どうなさったの？」

「勿論、助けてやったさ。男の方の片腕一本でな。利き腕じゃねえし、安いもんだろ。相手は貴族だったんだぜ」

　さらに、

「おれたちは〈西部辺境区〉の生まれでな。親父は『もどきショー』で〈辺境区〉を巡回してた。知ってるだろ。貴族に血ィ吸われたけど、吸血鬼になり切ってない連中をいたぶって銭儲けする見世物だ。奴らは貴族と違うから、黒い布で遮断した檻《おり》の中で、昼間も生きてる。で、人を集めたら、その布を外すんだ。陽光燦燦。たちまち全身に火ぶくれが出て、もどき度の強い奴は燃え上がる。その直前に布をかけるんだが、中には間に合わず、灰になっちまう連中もいたよ。不死身だから、火傷《やけど》くらいじゃ死にゃあしねえが、治るまで何日もかかる。その間は相当しんどいらしく、檻からはいつも呻き声や泣き声がしてた。いまでも耳ん中に残ってる。特に女子供のを聞くのが嫌でね。それでも何とか我慢してたんだが、ある日、親父め、とんでもないことを企みやがったんだ」

「どんなことでしょう？」

「おれが一五のときさ。ショーに使ってたもどきの最後のひとりが逃げ出しやがってな。その頃、おれたちには妹がひとりいた。そいつを貴族の城近くに放り出して、血を吸わせようとしたんだよ。てめえの実の娘だぜ。おれたちは親父と言い争い、とうとう殺して、ショーは終わったってわけだ。妹はその後すぐ病死しちまった。それから、おれたちはこの仕事を始めたのさ」

「お母さんは、どうなすったの？」

「ああ、ベレタスが生まれる前に、貴族に襲われてな。それで、もどきショーが始まったんだ。つまり、親父の最初のタレントだ」

「………」

「おいおい、雇い主が使用人の身の上話を聞いて泣くなよ。でも、嬉しいねえ。守り甲斐があるってもんだ。なあ？」

男たちの笑顔が、エマの深い部分から脅えを取り除いたのだった。

闇が落ちた。ベレタスはすでに戻って、子供を見失ったと頭を掻いた。

「もうじきってのが、いつのことかわからねえが、今夜からだと思え」

とデレクは弟たちに殺気のしたたる声で命じた。

邸内にはルークが入り、後は外に廻った。

塀の西の端に立つと、

「もうじきって、エマを狙ってる貴族のこっちゃねえのか？」

とベレタスが言い出した。

「何とも言えねえな。ここは〈辺境〉だ——ここからネットをかぶせろ」

ベレタスは装塡《そうてん》済みのネット銃《ランチャー》を、指示された壁の部分に向けて引金を引いた。

圧搾空気の開放音とともに、壁の上空で金属製の網《ネット》が開き、きっかり真ん中から壁にぶら下がった。どちらの面も縦横五メートルもあり、端は地上に触れていた。射ち出された瞬間に、付属のバッテリーが作動している。

デレクが腰からナイフを抜いて放った。刃が触れた瞬間、凄まじい火花が上がって束の間の昼を作った。三万ボルトの高圧電流が流れる網は、戦闘士の標準装備といえた。

地面に刺さったナイフを拾い、二人は壁を網で埋め尽し、屋根裏から屋根へ出て、同じ作業を行った。

終わったところへ、村の方から自走車のエンジン音がやって来た。

「こんな時間にいい度胸してるな、誰だ？」

と街道の向うに眼を細めるデレクへ、

「この発動機《エンジン》の音は電気自走車だ。村長専用の公用車輛さ」

とベレタスが応じた。

「何をおっしゃるの⁉」

まず激昂したのはベネッサであった。

「どういうことでしょうか、出て行けとは？」

エマの声音《こわね》も怒りを隠さない。

うーむ、と村長はテーブルと〝辺境茶〟のカップの前で眉を寄せ、

「最初にいちばん言い難いことを申し上げたので、後は楽――いや、失礼、落ち着いて話せる。要は、あなたを狙う貴族が、この村にもどんな災いをもたらすかわからんという訴えが出ておるのだ」

「それは最初から承知の上ではありませんか？」

ベネッサがテーブルを叩いた。このところ胃を病んでコケ気味の村長に比べて、圧倒的な迫力だ。

「この家は村からも離れているし、不肖あたしや有能な護衛もついております。しかも、彼らは村で雇った者たちではありませんか？」

「それは契約打ち切りということで」

「あんまりじゃありませんの⁉」

またテーブルが鳴った。

「それはもう決定事項なのでしょうか?」

　エマは静かに訊いた。

「いや、わしの預かりということにしたよ」

「なら、少し考えて下さいな。敵はあと四日で訪れます。それまでに迎え討てば済むことでしょう。〈辺境〉最高のハンターがそれをしてくれますし、万が一仕損じても」

　言いかけてベネッサはやめた。契約打ち切りという言葉を思い出したのである。

　村長は同情に満ちた顔で、

「正直、この件に関しては、反対派も多いのだ。あなたの両親は名誉村民の称号を授けられた立派なご夫婦だった。山津波で亡くなったとき、誰もが悲しんだ。それを覚えている連中の大半は、あなたの立ち退きに異を唱えている。あなたへの反対派は、新しい村人が多い。正直、説得で何とかなる輩だ。だが、こと貴族が関係して来ると――これは強要も出来んでな。代表的な意見は、あなた以外の村人――特に、若い娘たちに害が及んだらどう責任を取るかというものだ」

「そうなったら、エマさんは貴族の仲間にされてしまいます。これほどしっかりした責任の取り方がありますか?」

「うーむ」

　と腕組みした村長へ、

「出て行くとしたら、いつ？」

とエマが訊いた。

「ちょっと」

とベネッサが眼を三角にするのを、そっと肩に手を置いてなだめ、じっと村長を見た。

「うーむ」

と村長はまたつぶやき、

「出来るだけ早く、つまり――」

「出来るだけ村から離れてくれ、と」

「――そういうことじゃな」

村長はうなずき、エマもうなずいた。

「承知いたしました。荷物を整理し次第、お暇《いとま》いたします」

駄目よ、と言いかけるベネッサをまたなだめて、

「出立は村の決議事項として下さって構いません。お世話になりました」

「当てはあるのかね？」

と村長は訊いた。疲れ切った表情である。

「お気になさらないで。あっても申し上げられません。村のために貴族へ告げ口されては困ります」

穏やかな声だが、内容は村長の胸をえぐった。溜息とともに椅子の背にもたれた彼は、一〇歳《とお》も老けこんだように見えた。エマの隣りでベネッサが、ざまあみろという眼つきで睨みつけた。

「――わかった」

と村長は少ししてから身を起こした。

「感謝するとしか言えん。こんなことを言っても詮《せん》ないが、引越しの費用だけは村から出る」

「貴族の城までお届け願います」

パチパチと拍手するベネッサを村長はじろりと睨み、

「では、彼らにもご用済みを伝えねばな」

と立ち上がって玄関まで行き、ドアを開けた。

「わっ⁉」

眼の前に凄いのが二人立っていた。

デレクは村長を無視して、

「お呼びですか？」

と背後のエマに訊いた。

「はい。でも、どうしておわかりになりましたの？」

「偶然ですなあ」

家の中に数個、隠しマイクが仕掛けてあるのは、エマにも伝えていない。

「お入り下さい」

相変わらず村長を無視して、居間のソファにかけた二人へ、

「諸君たちとの契約は、本日只今をもって打ち切る」

と村長は宣言した。

「ほう」

「勿論、これまでの分の報酬と違約金は支払う。すぐにここを退去したまえ」

「わかった。金は？」

「明日、村役場へ来たまえ」

「すると、たったいまから、おれたちは自由契約《フリー》の身ってわけだ。そうだな、村長さん？」

「無論だ」

デレクはうなずき、立ったままのエマとベネッサへ眼をやった。

「どうです、たったいまから、おれたちを雇いませんか？」

「え？」

エマばかりか、ベネッサまで眼を丸くした。犯罪者が突如、恋人にでも変わったような眼つきで、二人の男を見つめた。

「助かります。でも、お雇いするお金が……」

「引越しの費用を充てなさい」

とルークが笑いかけた。

「残りは、おれたちが生き残ったら、あるとき払いの催促なし。死んだらチャラってことにしよう」

「でも、それでは」

費用というのもおこがましい少額なのは、村人の誰でも知っていることだ。

誰よりも村長が呆然となった。卑劣ともいうべき宣告を伝えた冷酷非情な村に対して、誰よりも人間らしい返答を叩きつけたのは、二人の無頼漢であったのだ。

「……そんなこと……」

「いいのよ、エマ」

とベネッサが細い肩を摑んでうなずいた。その眼に涙が光っていた。

「あたしも出て行かない。これで誰も困らないわ。あなた以外は」

「――おまえらはアホか？」

と村長は二人に向かって吐き捨てた。

「何処がだよ？」

とデレクが挑発するように訊いた。

「切れた契約を続行させせただけじゃねえか。文句があるのかい、お偉い村長さんよ？」

「いいや」

村長は立ち上がった。力強い動きは、難行を終えたせいばかりでもなさそうであった。

「では」

と二人の女へ告げた顔には悔悟と安堵の色があった。

第五章　万華鏡の毒牙

1

陽が落ちてからかなり経つ。

邸内にはルークが、外にはデレクとベレタスが戦闘士眼を光らせ、戦闘士耳を澄ませて敵の侵入に備えていた。エマとベネッサは、引越しの荷物作りに取りかかっていた。

かすかな電子音が三人の鼓膜を叩いた。

「来たか？」

デレクが、右手のごつい通信器の発信先を門近くのベレタスに合わせた。彼自身は裏庭にいる。

「ああ。村とは反対側からだ」

ベレタスの左眼は虹色の光芒を放っていた。

電子眼なのだ。しかも、レーダー機能も備えているらしく、

「感知したのは約五〇〇メートル北西だ。突然、現われた。三、四歳の子供サイズ。性別はわからん」

「戦闘用意――ぬかるな」

デレクの声に残る二人はおうと返した。邸内のルークはともかく、裏のデレクが動かないのは、子供を使った陽動作戦という事態も考えられるからだ。

「家まで五〇メートル」

ベレタスの指摘が耳の奥で鳴った。決して緊張はしていない。不必要な緊張は自分を危うくさせるだけなのだ。

「二〇メートル」

闇の中に、小さな足音が聞こえた。

「――ゼロ。門の前だ」

ひゅうとベレタスの口笛が鳴った。

後方に気配はなし、と見て、デレクは玄関の方へ走った。邸内のルークも、窓の横につける。

「何かありましたか⁉」

二階からかかるベネッサの声に、

「部屋にいろ！」

と返して、連発長銃の桿《レバー》を引いた。

外の二人は、門から早足でやって来るおかっぱ頭の影を見下ろした。

防水コートをぴっちりと身に着けた女の子は、二人の凶漢には眼もくれず、玄関のドアまで走ると、呼び鈴を押そうとしたが背が届かず、すぐに拳を打ちつけはじめた。

デレクとベレタスが顔を見合わせ、

「おい、お嬢ちゃん」

と声をかけた。ベレタスは弩を、デレクは火薬長銃を向けている。外見で手心を加えるような男たちではないのだ。

女の子はすぐにふり向いた。

大きな眼、つんと上がった鼻、何よ、と突き出した唇。いかに鬼神のような二人でも、これは射てまいと誰もが確信するような可憐さだ。

「小父さんたちは、この家のガードマンだ。何しに来た？」

デレクが訊いた。

「伝言よ」

「伝言？　誰からだ？」

「ここの人に言うわ」

それ以上の強要は二人にも出来なかった。

「早く呼んでよ。みんな大人でしょ？　あたしが怖いの？」

「お嬢ちゃん、お名前は？」

とベレタス。

「キャシーよ」

声はかなり高い。

「何処に住んでる？」

「この先よ――村とは反対」

「何故、両親が来ない？」

「遊んでるとき、頼まれたの」

「こんな時間に何して遊んでた？」

「うるさいわね、花火よ」

話している間、中断していたドア叩きを少女――キャシーは再開した。

「ねえ――誰もいないの？」

と声を張り上げる。

「どうします？」

ベレタスが舌打ち寸前に訊いた。

マイクに向かって、

「――やむを得ん。ルーク」

「おお」

「ベネッサを下ろせ。エマはこもらせろ」

「了解」

なおも、ドンドンやってる娘へ、

「いま来る。叩くのはやめろ」

「ふーんだ」

唇を尖らせながらも、手を後ろに組んだところは、きちんと躾けられたとしか思えない。

すぐに、ドアが開き、ベネッサが現われた。

その横でルークが火薬銃を構えている。

「何のご用？　お名前は？」

「そっちから名乗るのが礼儀でしょ」

「ご用があるのは、あなたでしょ？」

笑みを含んで言われると、キャシーはうつむいて名乗った。

「いい名前ね。キャシー――何のご用？」

「あなた、ここのご主人？」

「いいえ、ただの居候」

「居候って？」

「部屋を借りてるの」

「じゃあ、駄目だ。ご主人にだけ伝えろと言われてるの」

「困ったわねえ」

と首を傾けたが、ベネッサはすぐふり返って、

「エマ――降りて来て頂戴」

と呼んだ。

「よせ」

デレクが止めた。

「この娘――正体不明だ。エマには会わせられん」

「そんなに危険とも思えないわ。もう門は閉まってる。おかしな奴は入って来られないはずよ」

「空中から現われた」

「なら、どうしてここまで入れたの？」

「それは――」

二人は顔を見合わせた。当然の指摘である。そもそも、ベレタスのレーダーが異常を発見したのである。それが、此所《ここ》へ入るのを止めもせず、ここまで進入を許した。どうかしていた――

というより、この娘のあどけなさ可憐さに騙されたというしかない。

「とにかく、この娘は怪しい。エマには会わせられんぞ」

「じゃあ、大切な伝言を伝えなくするつもりなのね？　ふん」

また、そっぽを向いた。

デレクとベレタスは神速で、戦闘士同士にのみ通じる眼線会話を交わした。

——どうする？

——やむを得ん。会わせよう。おかしな動きを見せたら、即、殺せ
——了解
デレクはエマに向かって、

「話してくれ。ただし、おれの後ろからだ」

「駄目よ。ご主人——エマにだけと言われてるの」

「言ったのは誰だ？」

「内緒よ」

全員が溜息をつきかけ——男たちは途中でやめた。気を緩めている場合ではないのだ。

キャシーの悪態よりも可憐さに何かが欠けていた男たちの顔に、殺人者の気迫が漲《みなぎ》りはじめた。それを見て取ったか、

「やめて」

とエマが怒りをこめた。

「こんな娘に何が出来るというんです。さ、キャシー、伝言を教えて」

「他の人はあっちへやって」

「お願いします」

エマが申し出て、ベネッサも男たちも後退した。

エマが顔をキャシーのそれに近づくように前傾した。

そのまま数秒。

「じゃ、ね」

キャシーが離れ、あまりにもあっさりと背を向けて走り出した。

「ベレタス——追いかけろ。②《まるに》だ」

デレクが命じた。行く先を確かめてから殺せという意味のナンバーだ。暗い決意を浮かべた顔がうなずき、走り出した。

「エマ⁉」

ガラスを引っ掻いたような叫びがデレクをふり向かせた。

戸口で崩折《くずお》れる美女は、ルークに支えられていた。

「とりあえず居間のソファへ運べ——おれは緊急箱を取って来る」

戦闘士用の救急箱のことである。戦いの場が出番だから、通常の病院より遙かに強力な薬が詰まっている。

裏から戻ったとき、エマはすでに意識を取り戻していた。ルークが手持ちの気つけ薬と興奮剤をミックスしたカプセルを服《の》ませたのだ。

「何て言われた？」

デレクの関心はまず、これだ。

虚ろな表情を貼りつけた顔が二、三度まばたきを繰り返し、ぼんやりと、

「わかりません。でも、何かとても怖いことを」

「ハッピーバースデーとはいかなかったか。思い出せ」

エマは美しい眉を寄せ、苦痛に耐えているように記憶を辿ったが、結局は、

「――わかりません」

長い息を吐いた。

「困ったわ」

ベネッサが小さく洩らした。その表情を変えたのは、デレクのひと言だった。

「やれるな、ルーク？」

「ああ」

「じゃあ、いますぐ」

ベネッサがあわてて、

「ねえ、何するつもり？」

「催眠術をかける。こいつはその天才でな」

「え？」

ベネッサは眼を丸くし、エマも顔を上げてルークを見つめた。彼は厚い胸を叩いて、

「任しとき。戦闘士てのは、斬ったはったばかりが仕事じゃねえ。とっ捕まえた奴から、情報を引き出さなきゃならねえんだ。さ、エマさん――椅子に横になってくれ」

エマがためらいながらも言うとおりにすると、ルークはその鼻先に左の人さし指を突きつけた。

ぼっと火が点《とも》った。燐《りん》でも塗ってあったものか。エマの視線がそれに集中した途端、右手で両眼の瞼《まぶた》を下ろし、

「何も見えねえ。聴こえねえ」

強い口調で断定した。

エマの意識が突然の炎に集中した刹那、強烈な暗示で五感を外界から切り離してしまう――瞬間催眠というやつだ。

「聴こえるのは、おれの声だけだ。いいか、さっき、あの小娘がやって来た時に戻る。思い出せるな？」

エマはうなずいた。ベネッサは呆然と見つめ、デレクはさしたる興味もなさそうだ。ルーク

の腕前は知り尽している。

「いま、キャシーはあんたの足もとに立っている。さ、顔を近づけて、話を聞くんだ」

エマは椅子から上体を起こし、前屈みになった。

ベネッサが、あっと洩らした。髪の毛が何かに抱きつかれたみたいに凹んだのだ。

「ほら、キャシーが何か言ってる。聴こえるな？」

エマはまたうなずいた。

「離れた。キャシーは出て行ったぞ。さ、答えろ。何て言われたんだ？」

眼を閉じた白い顔には静謐《せいひつ》だけが漂っていたが、思い出そうと眉が寄り――急に凄まじい苦悶を広げた。

喉を押さえて、酸素を求める。チェーン・ブレストだ。短く、吐気を連続させる。

「――いかん。対抗暗示がかかってるんだ。覚醒させなきゃ、呼吸困難で死ぬぞ！」

「起こせ！」

とデレクが叫んだ。

悶えるエマへ、慣れているのか、ルークはそれでも落ち着いた声で、

「指を鳴らしたら眼を醒ます。ワン――」

その頬を横殴りの白い腕が襲った。

催眠術の暗示を受けると、怪我等を拒む筋肉が日頃の抑制を離れ、その持つ力を一〇〇パー

セント解放するといわれる。ルークを一〇メートルも向うの暖炉まで吹きとばしたものは、正しくそれであった。

デレクが細い肩を押さえた。凄まじい力がそれを押し返すと、彼も宙をとび、自ら身を丸めて空中で一回転するや、鮮やかに床上に降り立った。

「はっ！」

右手がベルトから棒状の麻痺銃を抜く。それを向けたが使う必要はなかった。

殺気の風さえ巻き起こしかねないエマの前に廻ったベネッサが、
と気合をかけるや、肩を摑んで激しくひと揺すりしたのだ。

エマはすとんとソファに戻った。眼は見開いている。

デレクと——遅れてルークが腰を揉《も》みながら近づいた。

「まさか——あんたも？」

催眠術を使うのか。

「〈都〉の自由《フリー》教科で習ったのよ。さっきの質問の答え、知りたい？」

「おお」

男たちの顔に希望がふくれ上がった。

ベネッサはエマの顔を見つめて、

「さ、答えて」

とささやいた。二人の戦闘士の首すじを冷たいものが流れた。

「――あのお嬢ちゃんは何と言ったの？」

それから――五秒以上の間があった。

エマがうなずいた。

「許さない」

と唇が動いた。それだけではなかった。

「おまえを許さない。私はナターシャ――ヴラドルフの妻よ」

憎しみが氷の花を抱きしめたような、別の女の声であった。

2

Dは廃屋から少し離れた地中に横たわっていた。

クライカシの木が林立する森の中である。高さ一〇〇メートルを超える木立ちは極端に枝ぶりが悪いことで知られ、光はほとんど幹の影しか落とさない。

土が軟らかかったせいで、五〇センチの深さの穴を掘るのは一〇分とかからなかった。

本当なら五分だ。倍も必要としたのは、体内に残った毒のせいである。

「土にまみれろ。この星の力で毒を消し、疲れを吐き出すのだ」

と左手は言った。

横たわり、土を被せてから一時間になる。

「まだいかんな」

と、土の中で声がした。ただでさえ低くくぐもっているのが、いまは窒息寸前だ。

「いつもの力が戻るまで、あと一時間はかかる。その間に——おお」

Dの耳にも、それは聞こえた。頭上遥かを越えていく飛行体のエンジン音である。

土がとび散った。Dが上体を起こしたのだ。

遥か上空から地上へ届く音に何を感じたものか。

木につないだサイボーグ馬に近づくDの足取りに、いつもの動きはなかった。

「この時間の便なら、この先の飛行場で燃料を補給する。急げ」

土まみれの左手がこう言ったときには、風を巻いて走り出している。

満月に近い月面を小さな機体の影がかすめた。


小さな飛行場に到着したとき、飛行体は飛び立つ寸前であった。

「おい、やめろ」

手をふり廻しながら前方に立ち塞がる係員の頭上を軽々と越えて、滑走路を滑り出した飛行体に迫る。

大型輸送体だ。人間なら二〇人はいける。

後部ドアが開いた。人影が構えているのは、レーザー短銃であった。貴族の城から盗み出した品だろう。

真紅のビームがサイボーグ馬の首を貫く寸前、Dは虚空に躍っていた。

二撃目が来る前に、白木の針を放った。軽い木の針は、いかなる手練か一直線に人影の喉笛を貫いた。

そいつがのけぞると同時に、飛行体は地上を離れた。Dは間一髪で、戸口に舞い降りた。

死体は服装からして観光客のようであった。

左手が、

「柩の中からヴラドルフに憑かれたの。こうやって、柩を運ばせたのじゃろう。ガードマンはまだ何人もいるぞ」

嗄れ声の途中から、真紅の光がDの左右を流れた。それが当たった機体は炎と黒煙を噴き出し、Dのコートの一部を焼いた。

Dは左手でコートの下から数本の針を取り出し、指の間にはさんで力を入れた。少しずつ違う形にねじ曲がったそれをまとめて手に持ち、無雑作に機内へ投げた。

悲鳴が上がった。四つ――レーザー・ビームの数と同じだ。

ビームから敵の数はともかく位置まで探り出し、針で仕留める。無論、直線的な動きでは外れるばかりだ。わずかな折り曲げ方の差で、別々の場所に隠れた四人を同時に仕留めるなど、並みのダンピールの技とはいえなかった。

Dは背後をふり返った。

鉄のドアの向うが貨物室である。ドアノブに手をかけた。

火花が上がった。

ノブには一万ボルトを超える高圧電流が流されていたのである。煙と肉の焼ける臭いが立ち昇った。

構わずDはドアを引いた。

客席から洩れる光が薄闇を作っていた。遠方へのコンテナの山の間に、石棺が横たわっている。

Dが入る前に、石と石がこすれる音がした。石棺の蓋がゆっくりとこちらへスライドして来るのだ。何が出て来るのか待っているようなDではない。

背が鞘鳴りの音をたてた。黒い鋼は石棺ごと覚醒者を貫くだろう。

だが、刺客と標的の対決は、まだ実現を見なかった。

機体が急激に前方へ傾いたのである。ほぼ直角に近い。Dはドアを摑んで身を支えた。

「意図的なものじゃな」

左手が言った。

「パイロットも、憑かれていたか。このまま地上へ激突させる気じゃぞ」

Dはドアから手を離した。

操縦室のドアの前は、先刻斃した男たちの死体が塞いでいた。それを蹴散らし、ドアを開けて入った。

パイロットは前のめりの身体をベルトで押さえつけながら、なお操縦桿を握っていた。

窓外では地上のパノラマが近づいて来る。

「風に流されておる。あと五〇〇」

Dは操縦士に近づいた。


地方ルートの大型輸送体が、ライゾ河の岸辺に墜落したのは、一九PMを少し廻った時刻《とき》である。

たちまち近所の四ヶ村から村人たちが参集した。救助の決意に満ちていた顔が、燃え上がる炎を見、破片と残骸が広がる現場を眼にした途端、別のものに変わった。

「残ってるか？」

「この時間のは、〈都〉行きだ。荷物も厳重に包んであるべ」

「早い者《もん》勝ちだで」

河原へ下りて炎に近づいていくその姿は、死んだ獲物に群がる肉食獣を思わせた。

飛行体の事故が、さして多くはないが、時に村々を潤すのは周知のことである。金品、貴金属、放射性物質、衣類、武器その他の品々は、〈辺境〉巡りの商人は勿論、より豊かな他村へ提供しても、莫大な報酬を村々にもたらすのであった。

ルールは早い者勝ちだ。たちまちあちこちで小競り合いが始まったが、大きくなる前に収まったのは、その破壊ぶりの凄まじさに、いくらなんでもこれは、と全員が納得したからだ。

その中で、

「おい、操縦士らしいのが、半分転がってるど」

激突孔から二〇〇メートルほど離れた地点に、影たちが集まった。

飛行服を着けた上半身であった。

勿論、村人たちは死亡を確認するや、即座に立ち去ったが、焼け爛《ただ》れた頸部《けいぶ》に、小さな――うじゃじゃけた穴が二つ開いているのに気づいた者はいなかった。その心臓が席の背ごと貫かれていることも。

ライゾ河の河幅は、墜落地点から七、八〇〇メートル北へ上がると、やにわに、広大と呼んでも差し支えないほど広さを増す。さらに長大なガンシジ河と遭遇するまでの距離は約三〇キロ。最大幅は二五〇メートル、最深部は一〇〇メートルにも及ぶ。

正にその地点に、墜落五〇秒ほど後に、ひとつの物体が落下し、水煙を上げた。

「よし――予言どおりだ。ボートを出せ」

と、夜間双眼鏡を下ろしたのは、操舵室の船長《キャプテン》であった。

下ろした錨《アンカー》と鎖の端で、流れに逆らっている巨大な船は、ライゾ河を縦断する巨大渡し船《フェリー》「ライゾ・コースト」号だ。

三〇〇トンの荷物を積載し、乗員乗客五〇〇名を収容する巨体は、縦横七〇メートル、二〇メートル――排水量は優に三〇〇〇トンを超える。

昼間は渡し場を巡って平和裡に人々を乗船させる巨体が、今日は何故か妖しい薄雲に包まれているようだ。

月は明るい。

指示から一分と経たないうちに、舷側からボートが下ろされ、数名の乗員がオールを動かしはじめた。ボートには細いワイヤの束と小型のウィンチが積まれていた。

河の半ばほどでオールを止め、小さな錨を下ろすと、数名の男たちが水に降り、ワイヤの端についた鉤《フック》を摑んで水中に消えた。

上がって来たのは五分ほどしてだ。

「あった。フックも仕掛けて来た」

みな素潜りの達人らしいが、さすがに五分はキツいらしく、呼吸はひどく荒い。

「上げろ！」

ボートの誰かが命じ、ウィンチのモーターが唸りはじめた。

やがて、黒い水を掻き分けて現われた石棺を双眼鏡で確かめ、

「すぐに船へ運べ。貨物室ではなく、船長室だ！」

その指示に逆らうつもりはなかったが、別人と化した船長とは異なる船員たちは、内心首を傾げた。

石棺が運びこまれ、ボートの連中が収容されると、船のスクリューはすぐに波を蹴立てはじめた。

「遅れたようじゃの」

流れを上がっていく黒い船と窓の光を見送りながら、河に沿う土手の上でこうつぶやいた影がある。

サイボーグ馬を駆りながら、わずかに遅れたＤであった。その能力を超えるレベルの疾走を余儀なくされた馬は、胸部の排出孔から、不燃焼燃料を吐いている。

「あれは目的地まで止まらん。そして夜だ。奴が甦る」

黒ずくめの騎手が馬首を巡らせた。サイボーグ馬に、新たな苦行を命じるために。

船内には、こんな声が溢れていた。

「なあ、船長おかしかねえか？　いきなり、石の棺を探せだとよ」

「しかも、落っこちる地点が前もってわかってたというんだろ。何か別人になっちまったようだぜ」

　これはスタッフの声だ。

　乗客の分は、

「定時より三〇分も早く出航したのは何故だ？　おれの友だちは乗り遅れちまったぜ」

「途中で何か引き上げてたが、あれは何だったんだ」

「あたしが見たのは、それが運びこまれたとこだけどさ——船長室だったよ」


　錨を上げて数分後、甲板長は伝声管を通じて、奇妙な命令を受けた。

「武器をすべて左舷甲板に並べ、土手を射ちまくれ」

　返事は少し遅れた。二の句が継げなかったのである。ようやく、

「船長、しっかりして下さい。そんなことをしたら、乗客が腰を抜かしますよ。会社に抗議でもされたら、全員が連帯責任を取らされます」

「逆らうか？」

「いや——そういうことでは」

「よい——すぐ部屋へ来い。話がある」

「自分は反抗など」

「わかっている。見せたいものがあるのだ」

十数分後、おびただしい矢と弾丸が舷側から放たれた。

「射ち方やめ」

と命じてから、甲板長は船長室へ行った。

「標的は水中に落ちました。ダンピールは貴族以上に水に弱いと聞いています。最も流れが急なところです、まず助かりません」

「念のため、手投げ弾を放りこんでみろ」

やがて、鋭い爆発音と震動が伝わって来た。船長はうなずいた。

「よくやった。しかし、相手はDと呼ばれる男だ。念のために、舷側から眼を離すな」

そして、二人は世にも不気味な笑みを交わし合い、ベッドのかたわらに置かれた石棺に眼をやった。

おお、乾きはじめた柩の蓋が、耳障りな音とともにまたも開きはじめている。

右舷の甲板上に、水中から吹き上がった黒影が着地したのは、それから数一〇分後であった。

見張りたちも決して気を緩めたわけではないが、水中に落ちたダンピールが、船を追尾して来るとは、予想もしなかったのである。

甲板を船内に通じる方へ移動するDの動きには、わずかな呼吸の荒さがあるだけで、たるんだところは微塵もなかった。

船の席は甲板上に一〇〇、船内にも同数だ。立ちんぼうも入れれば三五〇人はいける。今夜は甲板上の五〇人ほどで、極めて少数であった。

「甲板には誰もいないいないと来たか」

左手が面白そうにつぶやいた。

「こりゃ危《やば》いぞ。ヴラドルフの奴は、さぞや飽食したであろうがな」

不意に、ドアの蝶番《ちょうつがい》がきしんだ。極めてゆっくりと開く様《さま》は、臆病者が試しているようだった。

三分の一ほど開くと、その景気の悪さを拭おうとするかのように、人影が素早く転がり出た。息を殺しているが、Dの耳には猛烈な騒音に聞こえそうな荒さであった。凄まじい恐怖が、月光だけで二〇歳《はたち》前後とわかる顔と全身を震わせている。

足を忍ばせて甲板に近づく。河へとびこむつもりなのだ。水を怖れるものたちから逃れるために。

ドアの陰から生白い女の手がのびて、男の襟を掴んだ。

ひっ⁉　と叫んでふり切ろうとしたが、凄まじい勢いで引き戻された。

白い手首をDが掴んで引いた。

甲板へ出たのは、粗末な服装《なり》をした娘であった。一五、六。それが大人の男の襟を摑んで引き戻したのだ。

「おまえは⁉」

娘が言い終わる前に、Dの刀身は深々とその心臓を縫っていた。

倒れかかる身体を抱き止め、Dはためらいもせずに舷側から水中へ放り出した。水音と水柱が上がり、どちらもすぐに消えた。

「あ、あ、あ、あんた……」

左手で男の喘ぐ口を塞ぎ、

「おれはハンターだ。内部の様子がわかるな？」

と訊いた。男はすぐうなずいた。吸血女を容赦なく斃した現場を目の当たりにしている。

「何があった？」

鋼の声は、男を安堵させた。

「その……みんな貴族もどき――じゃねえ、貴族になっちまったんだ。おれは清掃係なんで、船内の簡易ベッドで休んでた。少し前にトイレへ行きたくなって甲板へ上がったら、誰もいねえ。普通は見張りが五人は立つ。吸血蝙蝠や食肉蜂の大群――何が襲って来るかわからねえからな。それがひとりもいねえ。誰だっておかしいと思うさ。そしたら、一階の船室から悲鳴が幾つも聞こえたんだ。あんたなら知ってるだろ。あの声だ。貴族に――吸血鬼に襲われる絶望の悲鳴さ。来やがった、と思って、おれは船室の窓の下まで走って、覗きこんだ。船員と客たちが、別の客たちに襲いかかってた。逃げようとしても、戸口は塞がれてた。結局、みんなやられちまった。武器を抜く暇もなかったよ」

「すると外――というか、船の中から現われたのじゃな」

男は震え上がった。夜眼にも青ざめた顔に汗が伝わった。

「あんた――悪い冗談は……」

「失礼したのお」

嗄れ声は笑った。

「これがホントの声じゃ。奴らは船内から来たんじゃの？」

男はなおもしげしげとDを見つめて、見てくれと声のギャップを埋めようと努めた。

ようやく、

「ああ。昇降口からも上がって来た。みんなさっきまで仲間だった。それが……どうしたってんだ？」

「正確には、どれくらい前のことじゃ？」

男は首を傾げ、眼を閉じた。すぐに、

「おかしな品を河ん中から積みこんで一〇分としねえうちに、射撃命令が出て……それからさらに一〇分――いや、一二、三分ってとこか。合わせて二五、六分以内だ」

「それからすぐだ」

Ｄの声である。男は訳のわからんという表情になり、すぐに現実を受け入れた。

「血を吸われた者が貴族化する——猛スピードじゃな。ヴラドルフとやら、大層な力の持ち主じゃぞ」

貴族——吸血鬼たちの飽食には幾つものタイプがある。

血を吸われた者が吸血鬼化するかどうかは、実は貴族の意思による。そのまま吸い殺される場合もままあるのだ。

吸血鬼化までの時間も、その意思によってまちまちだ。

通常、一定の渇きを満たすための吸血回数は日に一回で約一週間。長期に亘る例としては、一年余に及んだ場合もあるという。

大概の貴族は一度で飽食を終えるが、同じ日に数人を襲うこともある。その場合は当然、吸血量も少なく、全員が一度に貴族化することはまずあり得ない。

今回のように、三〇分足らずのうちに数十人が吸血鬼化するなどはあり得ない現象であった。

吸血した後に、他の手段を用いて殺害しても、貴族化の呪いがかけられた犠牲者は、それによって死にはしない。すでに不死なのだ。

いま船内の何処かに身を潜め、これからＤが相対する敵は、そんな常識を覆す力を有する貴族なのであった。

「行くがいい」

と左手は言った。

「へ？」

「いま船は止められん。待つのはいいが、その間に見つけられたらお終いだ。いまのうちに逃げろ」

「わ、わかった。あんたも気をつけてな」

男は舷側に近づき、素早く水中に身を躍らせた。

水音が絶える前に、Dはふり向いた。甲板上に黒い塊が積み重なっていた。数を知りたければすぐにわかった。双眸だ。血色《ちいろ》に燃えるそれは、すべてDを映していた。

客室の屋根から客らしい男女が舞い降りた。白髪の老人と老婆であった。牙と爪が月光に光る。空中で二人は低い声を上げた。苦鳴とも歓びの声とも取れる。Dの上段突きで心臓を貫かれた二つの顔は、人間に戻っていた。

影たちは硬直した。

荒い息が甲板に溢れた。二人の血臭がもどきたちを狂わせるのだ。

「――ヴラドルフは何処だ？」

とDは訊いた。

返事はない。

白光が闇を裂いた。姿勢は微塵も崩さず、右手だけで放ったDの背後斬りであった。躍りかかった影たちから二つの首は鮮やかに離れて、虚空に半円を描きつつ遠い水面に落ちた。

「さっきの爺婆《じじばば》じゃぞ」

と左手が感心したように言った。

「おまえに心の臓を貫かれても向かって来よる。これはいよいよ——」

親玉は大物だ、と言いたかったのか。

新たな血の臭いが風に乗って巡った。

もどきたちはDへと殺到した。

光が躍った。

首がとんだ。箱詰めされる林檎《りんご》のような整然さで、規則正しく水中へ落下する。驚くべきは、その寸前に全員が心臓を貫かれていることだ。ひとりに二度刃をふるい、しかし、誰の眼にも一度しか見えないのであった。

総勢三十余名のもどきたちが全滅するまで一〇秒とかからなかった。

残る二人は、凶相に怯えを溜めて後じさった。

Dが重ねた。

「ヴラドルフは——」

「――ここ……よ」

女の声は船内へと通じる昇降口からした。明らかな苦鳴の奥に、Dの耳は別の感情を聞き取っていた。

昇降口のドアが開いた。

来い、と誘っている。

Dは階段を下りた。

前方二〇メートルのところに壁とドアとが立ち塞がっていた。

下りたときから、Dの耳は先刻の女の途切れぬ声を聞き取っていた。

あと五、六歩のところで、ドアが開いた。

休憩室である。

「ほお」

左手が唸った。

「この血の臭いは――よほど溜めこんだらしいの」

Dは構わずドアを開けた。

凄まじい血臭の猛打であった。並みの貴族なら、昂揚極まって発狂してもおかしくはなかった。

壁と床は赤い蔦《つた》状のもので覆われ、不気味なことに、それが膨縮を繰り返している。

「血の管《くだ》じゃな」

と左手がつぶやいた。

Dの眼は、彼方の椅子に腰を下ろした、世界と同じ色のガウンをまとった影を捉えていた。影？　その貌《かお》も女の肌に触れた手も、凹凸のない輪郭だけの存在であった。

足下には、血まみれだが、素肌の白磁ぶりだけは隠すことの出来ない女体がうずくまっている。女性客であろう。

「何しに来た？」

気だるげな影――ヴラドルフ卿が訊いた。すぐに鬼気迫る笑顔になって、

「――ハンターにそう訊くのも愚かの極みだな。だが、まだ討たれるわけにはいかん。これでも花嫁が待つ身でな」

「迷惑かも知れぬぞ」

嗄れ声が揶揄するように言い放った。

「黙れ。これは運命だ」

「いつあの娘を見初《みそ》めた？」

「遠い昔よ」

「名を覚えておるか？」

「知らぬな」

「では――容貌は？」

「はて」

「花嫁の顔も知らぬ花婿《むこ》か」

嘲れ声は嘲笑となった。

「去れと言っても、聞くまいな」

と影は言った。

「――では、ここで死ね」

天井から半透明の極細のチューブが降って来たのはその瞬間であった。

Dの刀身が数百本を薙ぎ払ったが、残りは避ける風もなく、その全身に吸いついた。皮膚についた分は、みるみる赤く染まった。チューブの先には微小な針がついており、Dの血管に達するや、一斉に吸血を開始したのであった。

「船員と乗客どもから抜き取った血管を改造した生物よ。おお、おまえのような美しい男の血を味わえて、悦《よろこ》んでおるわ」

一気の大量出血のせいか、身じろぎもせず立ち尽すDの姿は、赤い蜘蛛の糸に絡め取られた世にも美しい悪夢絵のように見えた。

だが、この絵には先が――さらに恐るべき光景が待っていたのである。

血の管がねじれ、わなないたのだ。次々にDから離れ、噴出する血は霧となってDを包み、部屋中に広がった。

「おお、血虫どもが苦悶しておるわ。Dよ――おまえの血のせいだ。おまえは――おまえは一体何者だ？」

驚愕の声の主へ、数メートルを残しながら迸《ほとばし》る銀蛇の一刀。

それが首を断つ寸前に停止した。卿の足下に横たわる女のひとりが、庇《かば》うように立ったのである。刃はその首一ミリにも足らぬ位置で制止した。

「思ったとおり、ためらいよったな」

ヴラドルフ卿の声は女体の向うから聞こえた。

「人間の血などが流れておる報いよ。次は逃がさんぞ」

「――と言いつつ逃げるのは自分かの」

あり得ぬはずの行き止まりの彼方へ遠ざかる影を追おうとするDの前に、さらに二体の柔肌《やわはだ》が立ち塞がった。

ヴラドルフの気配はすでにない。

刀身を下ろしたDを、女たちがふり返った。

赤光を放つ両眼と、朱唇からこぼれる二本の牙。もどきを示す歯型はない。

獣のような叫びを上げて突進して来る女たちの首は、今度こそ容赦なく宙に舞った。

刀身を鞘に収めたとき、船の底から爆発音と震動が伝わって来た。

全体は船尾へ傾き、Dも滑りはじめる。

「自沈用の爆薬を仕掛けてあったか——この分では一分と保《も》たんぞ。わしらを水葬にするつもりじゃの」

左右の窓ガラスが砕け、黒い水が流れこんで来た。

第六章　迷走の刻《とき》

1

四人が家を出たのは、翌日の早朝であった。

二人の女が乗った馬車の前を、サイボーグ馬のデレクが行き、ルークがしんがりを受けた。

馬車の手綱はベネッサが摑んだが、家から一〇メートルと離れぬうちに、

「どうかして？」

と隣りのエマに訊いた。

起きたときから、心ここにあらず——一種の虚脱状態に陥っていたのである。退去を要求された絶望のあまりかとも思ったが、悲嘆は感じられなかった。はっきり言えば、寝惚《ねぼ》けている風だ。

しかし、返事はすぐにあった。

「――行けないわ」

「え？」

「――私は……この家を離れられないのよ」

「莫迦《ばか》なこと言わないで」

ベネッサは冗談めかして、

「――それならそれで助かるけどね」

一〇分ほど進んだ。道は一本きりである。

先頭を行くデレクが、ん？　と呻いて、止まれと命じた。

「どうした？」

とルークが声をかけて来た。

「何かおかしい」

デレクは四方へ眼をやってから前方へ戻し、透かすようにした。

「おれたちは道を逆に辿ってる。家から出たのが家へと戻ってるんだ」

「帰り道ってわけかい？」

不可思議な現象にも、我関せずのルークの言葉であった。

「本当だ」

四方を見廻して、ベネッサが呻いた。

「こんなことってあるの？　あんたたち、どうして平気な顔していられるのよ？　エマ、あなたもよ」

肝っ玉の太さが売り物のような女が、激しく動揺している。

「〈都〉暮らしの弊害が出たな」

デレクが前を向いたまま、にんまりと笑った。

「前もって〈辺境〉のあれこれを学んで〈都〉から移住して来る連中がいる。他にも〝会計士〟や〝弁護士〟〝開発者〟〝地理学者〟――意外と他所者《よそもの》は多い。うち八割以上は精神に異常を来して、喜び勇んで去っていく。あんたもそのひとりになりそうだな」

「見損なわないで」

ベネッサは思い切り背筋をのばした。

「生まれは〈辺境〉よ。ひょっとしたら、あんたたちよりすごい経験をしてるわ。子供の頃、だけど」

「おお、そうだったな。こりゃ失礼」

デレクは頭を叩いた。

「どうなさるのです？」

とエマが訊いた。

「もう一遍、出て行こうや。それからどうなるか、だ。こんなことをしでかした奴が、どうしてもおれたちを家に留めるつもりなら、何しても無駄だ。もっとも、本来は出て行きたくなんかねえんだ。次の手がわからねえのは困るが、とりあえずは願ったり叶ったりだぜ」

「そう言えば、そうですね」

これを口にしたのがエマだったから、全員が眼を丸くした。

「言うねえ」

ルークが満面の笑顔をこしらえた。

「行くぞ」

デレクが馬首を反転させて、もと来た道を進みはじめた。

残る三人の口から同時に、驚きの叫びが洩れた。

デレクの姿はサイボーグ馬ごと消失してしまったのである。

「まさか」

ルークが横へ出た。

エマがそちらを向いた。

誰もいない。

早朝の光が満ちる街道で、女たちは呆然と馬車の上で凍りついた。残る護衛は、いまだ戻らぬベレタスただひとり。

街道を進みながら、デレクは背後の二人にこう話しかけた。

「敵はヴラドルフ卿の女房だ。女の嫉妬ほど厄介なものはねえ。とりあえず、隣りの村で一泊するぜ」

「いいわね」

二人は声を揃えた。

「ルーク――尾《つ》けて来てねえな？」

「大丈夫だ」

いつもの返事だ。それなのに、何かがデレクをふり向かせた。

「ルーク⁉」

と叫んだ。

いない。

馬車の二人だけだ。

「おい――何処へ行った⁉」

エマもベネッサも沈黙したまま、前方を見つめている。

デレクは長剣を抜いた。

「ルークをどうした？」

すでに二人が二人ではないと気づいている。

「知らないわ」

とエマが言った。

「知りませんとも」

ベネッサが言った。

「そうか」

言うなり、サイボーグ馬が地を蹴った。

走り過ぎたのは、御者――ベネッサの側の横である。

馬体ごとふり返った刀身は、血にまみれていた。

「効いたか？」

それを訊く前に、二人の首は落ちている。鮮血が高く噴き上がった。舞い上がった首が落ちて来て、切り口の上に乗った。ケケケと笑った。

「ヴラドルフ卿の女房が、これしきでくたばるわけはない。出て来るがいい。おまえたちに妖術があるならば、おれにもある。見ろ」

デレクは軽く腰をゆすった。ベルトに巻いた革袋から、小さな人形が地上に下りた。二本足で立ったのは、夜店の屋台で売っているような、小さな人形であった。頭部も胴も四肢も関節ごとに分かれ、糸でつないである。

地上につぶれたようなそれを、二人の女怪も訝しげに眺めた。

人形が伏せていた顔を上げた。

粗雑なペンキで描かれた眼鼻は、しかし、確かにデレクの顔を連想させた。

「〝からくりデレク〟の名を知っているか。その秘術〝人形デレク〟とはこれよ」

顔を上げてはいるが、四肢は路上に投げ出した生命なき玩具だ。

エマの髪が怒髪のごとく天空へ伸びた。急なカーブを描いて、実体のデレクへ降りかかった髪の毛は、いともたやすくその全身を貫いたのである。

「うおお」

デレクは身を抱いて呻吟《しんぎん》した。

眼も喉も心臓も肺も貫かれつつ、しかし、一滴の血も流れなかった。

「うおおおおお」

続く苦鳴が笑いだと女たちが知ったのは、数秒後であった。

しゃらんと人形が立った。デレクの顔は笑っていた。

そしてだしぬけにエマめがけて躍りかかったのである。

ベネッサの口から赤い舌が鞭《むち》のようにその胴を薙いだ。

舌は鋼の強さと刃の鋭さを持っていた。そして、確かに胴を輪切りにしたのである。

悲鳴が上がった。ベネッサの口から。その胴は乳房の下から鮮血を撒き散らしつつ、二つになったのである。

人形の目標はエマであった。

それは身を翻す彼女の喉に食らいつき、鋸状の歯で噛み切ったのである。エマは即死した。

「やるのお」

何処かで女の声が感嘆した。聞くものが凍結するような冷たい声であった。

「だが、その二人を斃しても、その迷路からは逃げられぬ。永遠にさまよいつづけるがよかろう」

「うるせえ」

デレクの怒号と人形が声の方へと飛んだが、それは鋭い音とともに地上へ撃墜され、笑い声もやんだ。

「あのクソアマが。見てろ、ただじゃ済まねえぞ」

歯を食いしばったものの、デレクの顔には苦渋の色が濃く流れた。

窓からの光は昼のかがやきと力に満ちていたが、邸内の女二人の雰囲気は、昏《くら》く沈んでいた。

護衛役は何処へともなく姿を消し、帰還を強制したのは、彼女たちに敵対する力である。恐らく手には負いかねる存在が虎視眈々《こしたんたん》と二人を狙っているのだ。そして、彼女たちにはどうすることも出来ない。

「もうひとり――ベレタスさんはどうしたのかしら?」

エマの問いに、ベネッサは眉を寄せた。

「そう言えば、家を出るときから見えなかったわね。デレクもルークも何も言わなかったけど」

顔を見合わせ、二人は彼の運命について話し合うのをやめた。自分たちの行く末さえ定からぬ霧の中なのだ。

「お昼の仕度をするわ。見えない家政婦もあたしたちと出て行ったきり戻らないようだし」

荷物の整理までは見えない手がやってくれたが、戻ったらそれきりだ。ベネッサが腕をふり廻して、キッチンへと向かうとすぐ、エマは東側の図書室へ足を進めた。

それが廊下を逆方向へ折れた理由は、エマにもわからない。

突き当りには、地下へと続く階段があった。

何百回となく下りた闇の留まる場所は、かなりの広さを持つ空間であった。古い本の山や家具が整然と並んでいる。

「――どうしてここへ？」

正体不明の虫に胸中の安堵を食い破られながら、エマは当てもなく周囲を見廻した。

槍や弓矢を手にした村人たちが押し寄せて来たのは、エマが地下室へ下りてすぐであった。

ベネッサが玄関へ出たとき、外にはすでに二〇人近い暴徒の群れが広がっていた。

「失礼な――何のご用です？」

凛《りん》とねめつけるベネッサに、さすがに気圧《けお》されながら、

「村長は朝のうちに出てけと言ったはずだぜ」

と先頭の壮漢が喚《わめ》いた。手に短槍をぶら下げている。手入れが悪いのか、穂先には赤黒い血の塊がこびりついていた。

「少し前に別の者がここを通ったら、まだ居すわってると言うから、押しかけて来たんだ。おれたちに腕ずくで連れ出して欲しいのか？」

「村長はご存知なの？　でなければ暴挙ですよ」

「話しても話さなくても同じことよ。戦闘士もいるからこれだけの人数で押しかけたが、奴らは何処だ？」

「あちこちに隠れて、無法者を見張っているわ」

このひと言で、村人たちは不安げな眼を周囲に走らせた。

短槍男が事態を収拾すべく、ベネッサの腕を摑んだ。

「一緒に来い。村外れまで連れて行ってやる」

「無駄よ。あたしたちは、そこから追い返されて来たの」

「何ィ？」

短槍男が眼を吊り上げたとき、背後でドアが閉じた。

一瞬の間を置いて、ひとりがドアノブにとびついたが、びくともしなかった。

すう、と光が褪《あ》せた。

闇が昼の条約《ルール》を破ったのだ。

「何だ、こりゃ？」

「外も真っ暗だぞ」

「用心しろ」

ひとりがベネッサに弓を向け、残りは玄関中に広がった。位置を決め、武器を向ける手際のよさは、プロの戦闘士並みであった。〈辺境〉の村人は戦う男たちなのだ。

完璧な配置だ。それなのに――悲鳴が上がるとは。

重い濡れた音がベネッサの斜め右方で上がり、足下へ転がって来た。

ある予感に心臓が高く打ちはじめた。

身を屈めて拾い上げた。摑んでいるのは髪の毛だ。念のため、その下を撫でてみた。

眼らしい。鼻もある。これは唇だ。うわ、歯の間から舌がはみ出ている。つまり、これは生首だ。

ひととおり見渡してから、エマはようやく、自分がここにいる理由に疑問を感じはじめた。

さっぱりわからない。

出よう、と思った。

足下を何かが走った。

ネズミに違いない。

きゃっとのけぞった身体がもつれて、柱に手をついた。

表面が外れた。内部をくり抜いた蓋だったのだ。

あちこちがすり切れた本の柄が見えた。

姿勢を立て直し、エマはそれに恐る恐る手を触れ、力をこめて引き出した。

表紙には「日記」とある。

誰がいつ、何の目的で記し、隠したものか。次々に湧き出る興味を抑えきれず、エマはページをめくった。

いつも開かれていたのか、半ばほどの部分がごく自然に開いた。

文字が並んでいる。ひどく古い古代文字だが、構文は変わっていない。何とか読むことは出来た。

貴族の弱点

とあった。

何度か眼をしばたたいてから、エマは落ち着こうと努力した。
ふっと、その意味がわからなくなった。
貴族の弱点？　何のことだろう。
意味が甦った。
貴族の弱点だ！
次の文章に眼が行った。
たった一行。
縦に二〇センチ、横一〇センチの線を十字に組み合わせて額に引け。
それだけだ。
何だろう、これは？
貴族の弱点という言葉への理解はもう失われていた。
だが、「縦横二〇センチと一〇センチ」は消えなかった。
表紙をまた見た。貴族の弱点――ふたたび読み取った。
眼を離すと、忘却してしまう。
額に書け。
エマは地下室を見廻した。
インクもペンも絵具も炭もないのだった。

2

「何処にいる？」

短槍男が武器を構えて叫んだ。金切り声である。彼には、二〇名近い仲間がひとりもいなくなったとわかっていた。

ベネッサは悲しみに満ちた胸の中で、彼らの無事と魂の安らぎを祈った。

ぼっと鳴った。

肉と骨を断ち切ったのは、同じものに違いない。

それまで、生首はすべて部屋中に飛び散ったが、これは彼女の胸にぶつかって、後じさりさせた。

「これで最後じゃ。誰ひとり逃げようとしなかったのは、大したものじゃ」

女の声が言った。

闇の声は、内容とは裏腹に嘲りを含んでいた。

「逃げられなかったのよ。何処にいるの？」

「声のするところじゃ」

ベネッサは身を屈めて、短槍男の倒れたあたりに手を伸ばした。幸いすぐ槍に触れた。それを手に立ち上がり、ふりかぶった。

「あたしをどうするつもり？」

「邪魔する者は皆殺しじゃ」

声は明らかに二、三メートルの距離にいた。闇の中でも狙いは定められた。

思い切り投げようとした右手を摑まれた。声も出ない苦痛——ではなく冷気が全身を硬直させた。

「おまえの次は、あの女じゃ。私の夫を虜《とりこ》にした憎んでも憎み切れぬ奴。死ぬ方が万倍もましな目に遇わせてくれる」

喉を同じ手が摑むのをベネッサは感じた。苦鳴すらとうに出て来ない。

闇が意識に襲いかかった。

何処かで、驚きと恐怖の叫びが上がった。

意識が戻ったのは、薄闇の中だった。

光が戻りつつある。

眼の前に女が立っていた。真紅のドレスの上の美貌は、いまは怒りと——変わらぬ驚きと恐怖にわななないていた。

ベネッサはふり向いた。

そこに光の原因があった。

廊下への戸口に立つエマが。

闇を払った光は、その額から放たれていた。額を爪で割って書きつけた血の十字架が。

「二〇センチと一〇センチ――この組み合わせで正しかったようね」

とエマは言った。

「おのれ」

女――ナターシャは片手で顔を覆いつつ後じさった。

貴族たちの科学力は、人間の脳から彼らの弱点を拭い去った。

十字架もニンニクも太陽光も流れ水も――すべて忘却に包まれた。

だが、線の長さと組み合わせは別ものだったのだ。

血の十字架を見ても、人間は貴族に対する最大の防禦法《ぼうぎょほう》とは理解しない。しても、瞬時に忘れ果ててしまう。

だが、自らの額に刻まれたそれを、エマが見ることはない。

「それは何なの？　貴族が怖れるものなのね？」

ベネッサは感動に震えた。

エマは歩き出した。歩を進めるたびに、ナターシャは後じさり、光は闇を白く染めていった。

「おのれ！」

ナターシャの手がその顔を横に払った。

鮮血はその両眼から迸《ほとばし》った。何たる女か。妖女は自らの手で両眼を切り裂いてしまったのだ。

血がとんで、エマの額の十文字を消した。

「見えぬぞ」

と叫んだ。

「忌まわしいものはもはや見えぬ」

高らかに笑う赤い女の胸もとへ、ベネッサがとびこんだ。

「逃げて——光が沈まないうちに！」

「邪魔をいたすな」

血まみれの顔が叫ぶや、右手が上がり、ふり下ろされた。

ガラスの砕ける音がした。

男の首を吹きとばした吸血美女の手刀は、ベネッサの首にめりこんだ。

力を出し切る前に、ナターシャはのけぞった。

倒れるベネッサから離れた妖女の背中から心臓に長い刃が抜けていた。

「お、おまえは？」

捻ろうとする身体が持ち上がった。長刀の柄を片手で持ち上げた巨漢——ゴーラは、なおもエマを守ろうとしているのであった。

「夫の忠僕よ」

ナターシャは血塊を吐いた。正しく血の叫びであった。

「ついにおまえとも袂《たもと》を分かたねばならぬようじゃ。女主人に逆らう下人の最期をよく全うするが良い」

妖女は刃を握りしめた。わずかに両腕がわななくや、鋼は二つに折れた。ナターシャはそれを後ろ手にふった。ブーメランのように飛んだ刃は、遠い壁に突き刺さって血しぶきを散らした。

ゴーラの首が落ちるのを、エマは見た。巨体は膝から崩れ、塵と化した。

「翻心した下男の末路はこれよ」

口元の血を舐め取りながら、ナターシャは笑った。

残るはエマひとり。足を動かした風にも見えずその前に詰め寄り、恐るべき手刀をふり上げる。

その身体がまたもや痙攣《けいれん》した。玄関から飛び来たった一本の矢が、心臓を貫いたのである。

玄関ドア横の窓から、弩を構えた男の顔が覗いていた。

三人の戦闘士のひとり――最初に消えた男、ベレタスであった。

「おのれ」

かっとベレタスを睨みつける形相の凄まじさ。両眼は炎を噴き、真っ赤な血唇《ちしん》からは、獣の牙が剝き出しだ。

「今は退こう。――しかし、おまえたちの誰ひとりも許さぬぞ。貴族の復讐《ふくしゅう》を忘れるな」

ナターシャは身を屈めた。床に溶けこみ、小さな影と化し、たちまち消滅した。

先に倒れたベネッサに駆け寄ったのは、エマであった。

「しっかりして」

と声をかけても、ぴくりとも動かない。ナターシャの手刀を受けた左の首すじはつぶれ、赤黒く腫れている。

「こらひでえ」

ベレタスが悲痛な表情になった。

「貴族ん中にゃあ毒手《どくしゅ》といって、触れただけで人間を殺せる奴がいると聞いたが、あれか」

「何とかして下さい」

「応急処置ならやれる。その後で病院へ連れてくしかねえな」

「でも、ここから出ることは――」

「あの女がダメージを受けたんなら、束の間だが、妖術も解けてるさ。あんたも一緒に来な。ここにひとりじゃ危ねえ。いまじゃ貴族も村人もあんたを狙ってる」

「わかりました。すぐに馬車を用意します」

腰から治療パックを取り出したベレタスにベネッサを預けて、エマは裏へ廻った。

荷馬車に馬をつなごうとしたが、何度もしくじった。

馬が暴れるのだ。

いくらやっても上手くいかず、諦めかけたとき、

「おれがやろう」

愕然とふり向いた。ルークであった。

「あなた――何処にいたんです？」

「あの女のせいで、別の空間に閉じこめられたらしい。やっとこ脱出したが、兄貴とも離れちまった」

「――」

言葉を失うエマへ、

「ま、おれと同じで、じきに現われるさ。ベレタスはどうした？」

エマが事情を話すと、

「三人で相談して、あの女の眼につかねえよう隠したんだ。おれと兄貴に何かあったときの最後の切り札としてな。この馬車に積んだ衣裳ケースの中に入ってたのさ」

エマは声も出なかった。

玄関に廻ると、ベネッサを抱いたベレタスが待っていた。

ルークが手綱を取り、ベレタスが彼用のサイボーグ馬を一頭連れて並走した。

「村の連中はみな敵だ。医者も油断するな」

ルークは危険な光を湛《たた》えた眼で、前方を見つめた。

医者の名はグラハム・シュペーであった。受付の壁に飾られた医師免許を見ると、〈都〉の医大出身だ。最初は、

「村を追われた者を連れて来られちゃ困る」

と尻込みしたが、ルークが刃渡り三〇センチもある蛮刀を抜いて、

「これで喉を裂かれても困るだろ、え？」

と脅し、ようやく治療を引き受けた。

しかし、傷をひと目見ただけで、

「こりゃ、僕の手には負えんな。魔法治療《ウイッチ・キュア》のベテランが必要だ」

「すると——」

「隣り村のキャンダス婆さんだ。いまから出かければ、陽が落ちるまでに戻れるだろう。ところで——それは何だね？」

眼の前に、赤い十文字が浮かんでいた。

「さっぱりだ」

とベレタスが肩をすくめた。

ルークは首を横にふっただけだ。

「わかりません」

エマ自身が途方に暮れたように言った。

恐るべき女怪を退けた聖なる紋章を、誰ひとり理解していないのであった。

「気味が悪い。洗って来たまえ」

シュペー医師に言われて、エマは洗面所で血の十文字を洗い落としてしまった。

「とにかく、そこへ行くぞ」

ベレタスがベネッサを抱き起して、ドアへと向かった。

空は快晴を維持していたが、見上げるルークが、

「東に雲が出てる。ひと雨来るぞ」

と言った。

馬車へ戻すと、それまで沈黙を守っていたベネッサが薄眼を開けて、

「あいつが呼んでるわ」

とつぶやいた。

ナターシャのことだろう。

「助けて、エマ——あいつの仲間になりたくないの」

「大丈夫よ」

エマは優しく、力強く言った。後の方はいままでの彼女になかったものである。身につけさせてくれたのが誰か、エマにはわかっていた。

「みんなで助ける。安心して」

ベネッサは苦笑した。

「あなたにそんなこと言われるとは思わなかった。強くなったわね」

「誰かさんのお蔭よ。安心して休んで。あなたの弟子は優秀だと思うわ」

「ありがとう」

すでに馬車は走り出していた。


船からボートで石棺を下ろしたのは、生き残りのもどきたちであった。

河岸には馬車が待っていた。

これもヴラドルフ卿が用意しておいたものか、馬車は夜明け近い街道をひた走りに走り、やがて、さる農家の納屋の前で止まった。

待機していた男たちも、もどきであったろう。

数人がかりで石棺は荷物ひとつない広い板の間の真ん中に安置された。

去ろうとする男たちへ、

「——何処へ行く？」

と棺が訊いた。陰々たる声である。

男たちは足を止め、

「命じられるままに」

「誰にじゃ？」

「………」

「馬車は余が手配したものだ。だが、こんな場所に下ろせとは命じておらぬ。おまえたち、誰に憑かれたか？」

「それは」

立ちすくむ男たちへ、別の声が、

「よい、下がれ」

と命じた。それは納屋の出入口からした。男たちは去った。

「おまえは？」

「クロロックでございますよ、ヴラドルフさま」

石棺の応答は、数秒後であった。

「――確か、ナターシャの執事頭だな。そうか、あ奴の仕業か。血の大地に眠っておるかと思ったが」

「甦られました。あなたさま恋しさに」

「余計な真似を」

ヴラドルフは吐き捨てた。心底からの嫌悪が声に出ていた。

「始末せず地中に埋めたのは、夫婦としての記憶ゆえであった。だが、情けは人のためならずとは、真であった。クロロック、余を馬車に戻せ」

「なりませぬ。すべてが片づくまで、ここにてお待ち願います」

「家内の下僕の言葉に主人《あるじ》が従うと思うか？　ナターシャは何処にいる？」

「さして、遠方ではございません」

石棺は沈黙した。

クロロックの影がそのまま固着したほどの、不気味な沈黙であった。

「あ奴が血の至福《しふく》夢《む》から眼醒めるとは――そうか⁉」

ヴラドルフの声は、愕然と噴き上がった。それは驚きと怒りと戦慄の混交であった。

「クロロック――答えよ。沈黙は許さぬ」

「……はは」

「あ奴――ナターシャは、我が花嫁の血を吸うつもりか？」

「……左様で……ございます」

「おのれ、許さぬ」

と石の中のものは叫んだ。

「それは許さぬぞ。だが、じきに夜は明ける。そして、あの女は昼間に彷徨《さまよう》する術を心得てお
る」
　わずかな間を置いて、
「――たかが結婚の式典に、面倒なことだわい」

3

「じきに夜が明ける」

　馬上で嗄れ声が言った。

「しかし、あの重い柩ごと何処へ消えたものか。轍《わだち》の跡も残っておらん。真っすぐグスマンの村へ向かったか」

　返事はない。Dは無言でサイボーグ馬の疾走に身を委ねている。

　船へ乗り移る前に岸辺に放置して来た馬である。燃え盛る船から戻ったDは、すぐさまヴラドルフの石棺を追ったが、あれから一時間――いまだに足取りは全く摑めぬままであった。

　左右ではヤクスギの巨木が天に挑んでいる。

「来たぞ」

　とDが言った。

「ん⁉」

左手もまだ気づいていなかったらしい。

頭上一〇〇メートル。その頂きから、白刃を握った影たちが舞い降りて来たのだ。

自らの降下速度とサイボーグ馬の疾走速度とを計算に入れての攻撃であったが、刃を突き立てる前に、白光が首をとばした。

ことごとく灰と化して拡散する。

貴族でも、もどきでもない。貴族に作られた戦闘生物だ。誘拐、殺戮、護衛――汎用生物といってもいい。

上空から黒い雲が落ちて来た。網であった。鋼といえどDの刃は切り裂く。だが、刀身は網に貼りつき、動きを封じられた。

「液体金属か」

左手がつぶやいた。

それは水のように攻撃を通過させ、或いは半ばで食い止める分子構造を有する金属《メタル》の総称だ。いまDを捕縛した品は、その機能を備えた糸であったに違いない。

「無駄だ。いかなる強者《つわもの》であろうとも、それは切れぬ」

Dの足下で、攻撃者たちとは明らかに異なる声が上がった。Dは五メートルほど上空にいた。

「強度の確認は五千人の腕自慢の貴族に刃を持たせて行った。誰ひとり傷ひとつつけられずに終わった」

「何者じゃ？」

相手はぎょっとした。ある意味、綱が切られる以上の驚きだったかも知れない。

「――おまえは……Ｄという男か？」

「そうじゃ」

「――なら、消えてもらおう。おまえにヴラドルフ公を弑《しい》し奉らせるわけにはいかぬのだ。おれは、公のご正妻ナターシャさまの下僕クロロック」

「女房が出て来たか」

嗄れ声は、うひゃうひゃと笑った。

「何がおかしい？」

「これがおかしくなくて何がおかしいと言うのじゃ？　おまえだとて、実は腹の底で笑っておるじゃろう。少なくとも呆れておるのは間違いない。久々にこの世に戻った亭主が、若い女の尻を追っかけ廻しているのに気づいた正妻とかぬかす古女房が、ヤキモチの余りこちらも甦って嫌がらせとなったわけじゃろうが。はっはっはあ。おっと、この分じゃと、娘の方にも手を出しておるか」

「無論だ。あちらには、ナターシャさま自らが出向いておるわ」

「それは一大事じゃ。早いとこ、浮気亭主を仕留めんことにはな」

D本人と悪夢のように似合わぬ声は、また笑った。クロロックは激怒した。

「串刺しにしろ」

ヤクスギの張り出した大枝から、数条の光が網を貫いた。

声はなく、しかし、鮮血が地上へと滴りはじめたのは、一秒と経たぬうちだ。

「〈辺境〉一の貴族ハンターの血がこれか。では、喉湿《のどしめ》しを頂戴するとしよう」

クロロックが網の底へ移り、上向けた顔の口を開けた。

喉仏が何度か上下した。法悦の飲酒は彼を恍惚とさせた。

凄まじい吐瀉音《としゃ》が、木立ちの上の襲撃者たちをもすくませた。クロロックが血を吐いたのだ。

Dの血ばかりではなく、己れ自身の血まで。その喉も腸も胃も肺も焼け爛れ、灼熱の血の怒濤《どとう》が血管を荒れ狂った。

「――この血は……この血は……貴族に……非ず……人間《ひと》にも……非ず……これは〈ご神祖〉……の……」

彼は倒れた。そして、大の字になった身体の九穴から黒煙と炎が上がり、呪われた身体を浄化していくのであった。

枝上のものたちは、指導者の断末魔に気を奪われていた。それでも胸の奥には獲物が逃れられぬという絶大な自信があった。

まさか、それが打ち砕かれようとは。

網の中からの光が一閃するや、網は途中で断たれ、捕獲者ともども落ちた。地に着くと同時に人影が立ち上がった。全身に鉄の投げ矢が突き刺さっている。彼はそれをまとめて引き抜くと、ひとふりした。

驚くべきことに、凶器は一本も仕損じなく樹上のものたちの心臓を貫き、二《ふた》呼吸のうちに塵と化せしめた。さらに――これは斃されたものたちにもわからなかっただろうが、彼らを滅ぼした矢は、彼ら自身がDに放った品だったのである。

白みを帯びて来た空気の中に、鮮烈な真紅がゆれていた。自ら嚙み破った唇の鮮血を、Dは片手で拭った。

ひとつだけ、崩壊しきれずに痙攣を続ける塊があった。かつてクロロックと名乗ったそれへ、嗄れ声が、

「分不相応な食餌を摂るからじゃ」

と吐き捨ててから、

「さて、浮気亭主の始末に出かけるかの」

と言った。

Dは巨大な廃屋の前で馬を止めた。黎明《れいめい》の中に、それは不釣り合いに大きく不気味に見えた。

「いるな」

「おる」

Dは下馬し、納屋の内部へ向かった。

がらんどうの内部にDが見たものは、高窓や板の破れ目から洩れる陽光と――石の柩だった。周囲に黒い塊がうずくまっている。

「監視役じゃな。だが、ヴラドルフの手の者に非ずじゃ」

「女房のか」

Dの声から感情は読み取れなかった。

「そういうこっちゃろう。浮気相手を仕留めるまで、亭主を足止めするつもりじゃ。いやはや」

「ヴラドルフ――聞こえるか？」

Dが声をかけた。貴族なら眠る時間だが、呼びかけに応えられないような凡貴族では話にならない。

「確かに」

地の底から響くような声であった。さぞや冷たく暗い世界に違いない。

「おまえの妻が、人間の娘を狙っていると聞いた。何処にいる？」

「墓は〈北部辺境区〉のヴラドルフ城の地下にある。だが、我が花嫁を狙う以上、その家の近くに移っているだろう。ひとつ断っておくが、あれは――ナターシャは、昼も動く術を心得ておるぞ」

「ほお」

左手が唸った。

いっとき、沈黙の後、

「Dよ」

とヴラドルフ公が呼びかけた。

「――余を放って花嫁の下に行け。いや、行ってくれい。ナターシャは決してあの娘を許すまい。いかなる手段を使っても八つ裂きにするだろう。余とて止め得るかどうか。Dよ、頼みはおぬしひとりらしい」

「よかろう」

とDは返した。

「おお」

「だが、その前にしなければならぬことがある。承知だな？」

「出来るか？　この石棺は〈ご神祖〉お抱えの技師の手になる代物だぞ」

Dが歩き出した。二歩目で動きが生じた。柩を囲む黒塊が震えたのである。

それは身長三メートルほどの鉄の人形であった。

頭部と胴は丸く、手足は異様に長く細い。前腕部は二メートル超の大鎌を思わせた。

「余を逃がさぬための番人だ。いかな刃も歯がたたぬ。だが、余ならば切り抜けられよう。Dよ――早く行け」

公の叫びには、保身の安堵と自信もなく、その仕事を果たせぬDへの嘲りもなかった。願いはひとつ――エマの安全なのだ。

Dは――前に出た。

がしゃんと鉄の音と影が行手を塞いだ。

どちらが先に走らせたのかはわからない。

光より火花が先かとも見える速さであった。

Dの刀身が折れた。

刀は捨てず、彼は後方へ跳んだ。

左手が紅い筋を吐いた。筋は空中で霧と化し、鉄人たちの全身を紅く染めた。

Dを追った鉄人が大鎌をふり下ろした。別のもののように戸惑った動きであった。刃はDの左方一メートルの空間を断った。

他の鉄人のも加わったが、単なる大振りと化した刃の下を、Dは音もなく走った。

このとき、鉄人たちのセンサーは血の霧で作動不能に陥っていたのである。

単なる血ではない。Dの血液に左手の技術が加わったものだ。精密繊細であればあるほど、眼つぶしの効果は増す。

ついに、大鎌は仲間の胴を薙いだ。火花と電磁波のかがやきは夜より薄れたが、同士討ちがはじまった。

Dは石棺の前に立った。

折れた刀身をふり上げるや、逆手に変えて石蓋へ打ちこんだ。

跳ね返った。石の表面にはDの技と力をもってしても、傷ひとつつかなかった。完璧な防禦と放ったヴラドルフ公の言葉に嘘はなかったのだ。

しゅっと空気が裂けた。

伏せたDの頭上から大鎌が弧を描いて、石棺を叩いた。

すぐに離れて、下から石棺をすくい上げるように持ち上げた。

青い光が石棺の何処かから迸って、鉄人の頭部を蒸発させた。

その寸前、鉄人は石棺を投げた。当てのある投擲《とうてき》かどうかはわからない。だが、自体の重量に加速度が加わった石の柩は、凄まじい速度で納屋の天井をぶち破って戸外に消えた。

Dは追わなかった。すでに陽光が世界の覇者だ。棺自体に移動能力がなければ動けるはずもない。

突然、風を切る音がやんだ。倒れた鉄人たちの身体が、痙攣のかわりに青い光をとばしていた。

それが交差し、かがやきを失い、ついに途絶えると、Dは一体のかたわらに近づいて凝視した。

「行けるか？」

と訊いた意味は不明である。

「何とか、な」

左手の返事は、しかし、自信に裏付けられていた。

遠い場所で、悲鳴に近い驚きの声が上がった。

戸口の陽溜りに子供たちが集まっていた。

「見物人が来よったぞ。こら、おまえたち、見るなら金を出せ」

小さな影たちは立ちすくんだ。Ｄの美貌と声とのギャップは、かれらにもショックなのだ。

Ｄは無言で、左手を鉄人のスクラップに向けた。

小さな口が青白い炎を吐いたとき、子供たちはどよめいた。

第七章　花嫁に迫る影

1

隣り村までは二時間を要した。ベネッサの容態が思わしくなかったのだ。

キャンダス婆さんの家はすぐに見つかった。村へ入って最初の家であった。

看板がかかっていて、「魔法治療」とあった。

看板の下にぶら下がっていた木槌で板木《ばんぎ》を叩くと、間を置いて皺だらけの老婆が顔を出した。

事情を話す前に、ソファに横たえたベネッサのところへ行って、首を調べ、

「これは一刻を争うよ」

意外と若い声で、はっきりと告げた。

「何とかなりますか？」

エマは涙をこらえた。ベネッサのお蔭で自分は変わりつつあるのだ。今度の件だって、彼女

の励ましがなければ、ひとりで乗り切ることなど出来なかったに違いない。三人の戦闘士が協力してくれるのも、彼女の迫力と人柄あってのことなのだ。

「やってみなくちゃわからない。とにかく、向うへお運び」

通された奥の間は、魔法陣や奇妙な道具、奇天烈《きてれつ》な薬品類で埋められていた。

ベッドがひとつある。

そこへ横たえると、はじめて、ベネッサは落ち着いた呼吸を取り戻した。

男たちが唸り、

――この老婆《ひと》は本物だ

とエマも確信した。

天井から吊してある大壜《おおびん》についたビニール・チューブを外し、先端の針をベネッサの頭頂部へ突き刺したときは、さすがのエマも、

「あの――何を？」

と訊いてしまった。

「この壜には『アカシック記録《レコード》』のエキスが詰まっているんだよ」

と婆さんは、ベネッサの顔を見下ろしながら言った。

「『アカシック記録』？」

ルークが妙な顔をした。

「知ってるのかい？」

「ああ。昔、本で読んだことがある。この宇宙の全歴史が記録されてるエーテルのこったろ？　それが、その壜に？」

「ああ。だから、みんなあたしのところへ来るんだよ」

「それをベネッサの頭から？」

「直接、脳に注ぎこむのさ。そうすると、この娘さんに起きた不幸と、別の記憶が混じり合い、どちらも失われて、別の記憶が出来上がる。それを除去すれば、娘さんに起きた出来事も一緒に失われる――つまり何もなかったことになるんだ。わかるかい？」

「いいえ」

きょとんとしているエマへ、老婆は笑いかけた。

「それが普通さ。ま、結果良ければすべて良し――黙って見ておいで」

「おれは外へ行く――ベレタスは残れ」

こう言ってルークは出て行った。

チューブの中を流れる虹色の液体を、エマはさまざまな思いを抱きながら見つめた。みな次々に消えていき、二つだけが残った。

私はどうなるのだろう。

もうひとつ――もっとも心にかかることが。ある美貌とともに。

あの人は無事だろうか？

ベネッサが鋭く呻いた。

次の瞬間、獣の咆哮《ほうこう》を放ってチューブに手をかけた。白眼を剝いている。唇から泡がとんだ。

その手首を老婆の手が押さえた。

魔法のように、狂気は鎮まった。

「予想どおり、とんでもない相手だね」

キャンダス婆さんは額の汗を拭った。

その手をベネッサの、これも汗まみれの額に置く。

眼は閉じている、あっという間に開いたとき、それは赤く染まっていた。

「来るよ」

とつぶやいた。

「え？」

エマと――ベレタスが身を乗り出した。

「相手も、治療に気がついたよ。ここの場所もね。じき――一〇分もしないうちにやって来る」

「よっしゃあ」

ベレタスが弩を持ち直した。

「それで甦せる相手じゃないよ」

と婆さんが冷たく宣言した。

「全力を尽すけど、あたしの力でも甦せるかどうか。いいとこ五分と五分。どっかその辺に隠れといで」

婆さんは二人に指示すると、薬壜が並ぶ棚の方へ行った。

ベレタスは部屋の隅の屏風《びょうぶ》の陰へエマを入れてから、外へ出て行った。ルークと打ち合わせのためだろう。

エマはまたひとりになった。不安と孤独が毛穴から染みこんで、身体中に広がっていく。

自分を抱きしめた。しかし、眼は閉じず、耳も押さえなかった。何もかも眼に灼きつけるのだ。始まりは自分だ。何が起きようと、この眼で耳で確かめておくのが、責任というものだった。

婆さんが机の上で薬壜の中身をフラスコやビーカーに入れ直して調合し、黒煙や七色の光が立ち昇っても、身じろぎひとつしなかった。

不意に陽が翳った。

「来たね」

と婆さんが言った。

エマは戸口を見たが、男たちが入って来る様子はなかった。

薄闇が闇と化した。

同時に天井と壁のランプが点る。キャンダス婆さんも負けていないのだ。

婆さんが頭上を見上げた。

黒い大きな染みが広がっていくところだった。

直径一メートルほどで止まり、全体が盛り上がって来た。いや、天井だから、垂れ下がって来た。それは巨大な黒い滴《しずく》のように見えた。

切れ落ちる前に、滴は女の姿に化けた。低い含み笑いはヴラドルフ公の妻——妖女ナターシャのものであった。

「ここにも邪魔者がいたか。しかも、半可通なりに我らの技を心得ておる。いま、それこそが身の不運だと知るがいい」

「あんたこそ、貴族ばかりが傷つかないと思わない方がいいよ」

婆さんは嘲笑った。大した度胸である。

その前へ逆しまにナターシャが降下し、着地寸前に立ち姿になった。

「お行き！」

婆さんが命じた。命じたものの姿はエマの眼に見えなかったが、何かがナターシャに襲いかかったのは確かだった。

見よ、その美貌に胸に微小な黒点が穿《うが》たれ、みるみる広がっていくではないか。

「ゾンゲリア彗星《すいせい》から招いた〝蝕むもの〟さ。その牙は鉄をも穿つ。貴族の身体でも、ね。そして、復活はさせない」

ナターシャは、絶望よりも驚きのせいで立ちすくんでいるのかも知れなかった。まさか、貴族の自分が食われてしまうとは。

呆然と見つめるエマの前で、妖女の姿は完全に視界から消えた。

「——さて、と」

次は何をするつもりなのか、ひと呼吸《いき》ついた婆さんの顔が、急にこわばった。

視線をとばした。ナターシャの消えた場所へ。

何やら黒い影がそこに生じると、それが広がり、高さを備えて来た。眼を凝らせば、それがおびただしい——数千数万の虫に似た死骸だと知れたろう。ひと呼吸、二呼吸のうちに、それはさらに大きく、高く、そして、人の形を取りはじめたではないか。

女の形を——ナターシャの姿を。

「たわけが」

と妖女は、まだ穴だらけの顔と口で吐き捨てた。それもたちまち埋まっていく。

「〝蝕むもの〟なら子供のときからの遊び相手よ。だが、いまはおまえとの相性がよいと見た。返してつかわそう」

今度は、ごおと風が唸った。

ナターシャの身体が黒い虫の群体と化すや、一気にキャンダス婆さんへと襲来したのである。婆さんはその渦に呑みこまれ、これもあっという間に消滅してしまった。

いや、その寸前、枯木のような腕が黒い虫の渦から現われ、手にしたフラスコをナターシャに投げつけたのだ。

躱しもしなかったのは、ナターシャの傲慢《ごうまん》さゆえであろう。

それは彼女の胸に命中し、中身の液体を散らした。

「そこの小娘――出て参れ」

ナターシャの爛々たる瞳が、屏風を刺し貫いた。知っていたのだ。

真の絶望がエマを貫いた。動けない。

「出て来ぬか。では、こちらからつまみ出しに行くが、よいな？」

嘲りの声が届いてもエマは動けずにいた。怖い。

それなのに――彼女は立ち上がっていた。ベネッサを人質に取られたわけではない。だが、屏風から出た。

「ほう、勇気とやらはあるらしいの」

ナターシャはさらに嘲笑を強くした。

「だが、そんなものがあってもどうにもならぬ。――夫はすぐ近くまで来ておる。おまえになど会うのは、ヴラドルフの眼の汚れ。ここで消し去ってくれる」

妖女は真っすぐ、エマの前に来た。

右手を喉もとに伸ばす。

それに押されたようにエマが一歩下がった。

奇妙な驚きの表情が、その顔に湧いた。驚くべきことに、同じ表情がナターシャの顔をも横切ったのである。

彼女はエマの喉笛をちぎり取るつもりであった。しかし、指が触れる数センチ手前で、指自体に押されたかのようにエマは後じさった。そして、エマは下がるつもりもなかったし、下がりもしなかったのだ。

ナターシャは自分の指を見つめた。エマを押した感覚は残っている。しかし、それには数センチの空きがあったのだ。

もう一歩前へ出て、今度は両手で摑みかかった。エマはよける精神状態になかった。

だが、一〇本の指は触れる前にその身体を押して、エマは再び一歩後退した。

「——何事じゃ？」

思わず洩らして——閃いた。

ナターシャは胸に触れた。キャンダス婆さんが引っかけた液体に。

「おのれ、小賢しい」

ナターシャはドアの方をふり返った。

勢いよく開いた戸口から、陽光とルークとベレタスがとびこんで来た。

ナターシャが顔を覆い、ドアはすぐ閉じた。

「さっきから開けようとしてたんだ」

とベレタスが突然の暗黒に眼を慣らそうとしながら喚いた。

「敵は何処にいる？」

「ここだ」

それが背後からした男の声と知った刹那、ベレタスの胸を背後から鋼の刃が刺し貫いた。

「ル、ルーク⁉」

「とは昔の名だ」

ルーク——いや、いまや別のものと化した正体を現わした戦闘士は、兄弟の胸を足蹴《あしげ》にした。

倒れる拍子に蛮刀が抜け、ベレタスの胸は血を噴いた。

「貴様……いつから？」

「迷路に入ってすぐ、ナターシャさまと遭遇した。汚らわしいと血を吸われちゃいないが、身も心も捧げたのは間違いねえ。済まねえな」

「この娘を始末せい」

ナターシャの命がとんだ。

「はっ」

　一礼して蛮刀片手にエマへ近づくルークの顔に、かつて彼女を守ろうと決めた男の凛たる決意は、同じく強靭な殺意に変貌を遂げていた。

「――ルークさん」

「済まねえな、エマさん――事情は説明したよな？」

　蛮刀が上がった。

「待ちや」

　とナターシャが止めた。

「この光景――石棺の中の公に中継してくれよう」

　この瞬間、彼女の網膜に映った光景は、脳内の情報処理チップを通して、地上三万六千キロの静止軌道に浮かぶ微細な中継基地に送られた。

　基地はそれを、登録済みの膨大なデータの中から選んだひとり《エリート》――ヴラドルフ公に送信した。

　ヴラドルフ公は石棺の中でそれを受信した。石棺は、あの納屋から一〇キロほど北西の荒地に斜めに突き刺さっていた。鉄人のパワーはそれだけのことをやってのけたのである。

　柩の中で歯ぎしりの音がした。

「愚かなり我が妻よ。よく教えてくれた。我らが魂も力も分かち合った夫婦だということ――よもや忘れてはおるまいな」

ナターシャの勝利と邪悪な歓喜に歪んでいた表情が突然、変わった。美しいものがここまで変われるか。原因は――憎しみだ。

「ああ、我が夫よ。あなたさまはそこまで、この小娘に魂を奪われておりましたか⁉」

エマがふと同情を感じたほどの悲痛な物言いであった。

同時に、天井を突き破った黄金の光の束が、斜めにその左胸を貫いたではないか。

彼女と全く同じやり方で、中継ステーションならぬ戦闘衛星から、情景ならぬ灼熱の粒子ビームを地球の一点に送りこんだヴラドルフ公の心情はいかなるものであったろう。

のたうつ女怪の身体を天井から別の光が包んだ。

「今日は引き揚げじゃ――退くがよい」

黒い霞がその身体を包み、それをルークが抱きかかえて戸口へと向かった。

ドアが閉じると同時に、室内に陽光が満ちた。

「エマ」

それがベネッサの声と気づく前に、エマはその場にへたりこんでいた。

呼吸だけは出来た。

「見てたわよ、エマ――立派だった。あたしももう大丈夫」

呼吸が安らぎつつあった。エマは立ち上がって床上のベレタスに駆け寄った。

「ベレタスさん⁉」

その刺され具合からして信じ難いことに、

「大丈夫だ」

とベレタスはしっかりした声で応じた。笑っている。

「ルークの野郎、莫迦女の手先になって昔のことを忘れたか、それともわざと外したか——おれの心臓は生まれつき右側についてるんだ」

「…………」

「さ、起こしてくれ。家へ帰ろう。この程度の傷なら、応急手当てで十分だ」

今度こそ安堵のあまり、エマはその場に昏倒《こんとう》してしまった。

2

雨が降り出すと同時に、空も急速に暮れはじめた。

「今夜が勝負だな」

と窓の外を見ながらつぶやいたベレタスは、居間のソファに横たわっている。応急手当てで何とかなると言った傷は、殺菌薬と包帯でカバーされているが、全身が熱っぽく、呼吸《いき》が荒いのは、痛み止めを拒否したせいである。

「麻薬を使うと動きが鈍くなるんでな。デレクもルークもいなくなっちまった以上、おれがあんたたちを守る。もうひとりは当てにならねえし」

Dのことである。そんなことはないと言いたかったが、エマは沈黙した。

「一応、おれとデレクで外の護りは固めてあるが、相手は貴族の中でも大物だ。役に立つかは保証し難い。いざとなったら、そいつの中へ入れ」

顎をしゃくった先——暖炉の前には縦二メートル横三メートルほどの銀色に光るテント状の退避壕《スペース》が置かれていた。

外部からのあらゆる種類の攻撃を、〈都〉製の特殊金属繊維で撥《は》ね返し、三日間の生存を保証するため、内部には酸素、食料、医療品も備えられ、武器すら例外ではないとされる。その高価さから、腕利きの戦闘士でも購入はごく一部に限られるそれを、三人組は用意していたのだ。

「そろそろ入れ」

とベレタスは言ったが、女たちは拒否した。

「これは私の問題です。逃げたくありません」

「あたしも真っ平」

とベネッサも言った。

「エマが逃げないのにあたしだけ、お先にって言えるわけないじゃないの」

ベレタスは怒った。

「いいか、あんたたちを守るのがおれたちの仕事だ。もうおれひとりになっちまったが、契約した以上は死んでも順守する」

エマは黙って立ち上がり、私室へ入った。少しして出て来た手には、一枚の紙がゆれていた。彼女はそれをテーブルに置いた。素早く眼を通して、

「何だ、こいつは？　おれたちとの契約書じゃねえか」

ベレタスが喚いた。

「契約は破棄します。出て行って下さい」

ひっそりと自分を見つめる瞳に、戦闘士は首をふって、契約書の一点を指で押さえた。

「――この契約は、依頼者及び依頼された者どちらか、或いは双方の死によって終了するものとする。――読めるだろ？」

「………」

「契約は鉄だ。おれはケチな戦闘士だが、赤ん坊のミルクをかすめるのと、契約を破ることだけはしていねえ。二度と女の浅知恵を働かすんじゃねえぞ。さっさと壕に入れ」

「この契約書には、私の行動は支払いしか記されていません。ですから、何をしても自由なはずです」

「おい、いい加減にしろ。足手まといになるつもりか？」

「離れて戦います」

とベネッサが言った。

「あなたが殺された後で、あのテントみたいなものの中で、近づいて来る貴族を待つなんて怖いこと耐えられないわ」

言い捨てて、ベネッサは紅茶ポットを手にキッチンへ消えた。

湯気のたつポットを手に戻り、三人のカップに注いだ。

ひと口飲《や》って、

「おいしいわ」

と言うなり、エマは崩れ落ちた。

「睡眠薬か？」

ベレタスがカップを置いてベネッサを見つめた。ベネッサの眼配せを理解して飲まずにいたのである。

「即効性のね。昔、不眠症だったとき、お医者から貰ったのよ——いま、あそこへ入れてしまうわ。いいの、ひとりで大丈夫よ」

「あんたも入れよ」

「ベー」

エマを抱き上げて壕まで引きずり、放りこんでから、素早く内側のロックボタンを押して入口を閉じた。

「仕様がねえ女だな。そっちが選んだ道だ。責任は持てねえぞ」

「はいはい」

ベネッサは、暖炉の脇に立てかけてあった火薬銃を持ち上げた。腰のベルトには鞘入りのナイフがはさんである。闘《や》る気満々だ。

「しかし、まあ、待ち人来たらず――どえらい待ち人揃いだな」

ベレタスが苦笑し、吹き出して、苦痛に胸を押さえた。指を折って、

「ヴラドルフ、その女房、あとデレクとルーク――そして」

「D」

とベネッサが言った。

「デレクとDはともかく、あとの三人がまとめて来たら、さすがに危ねえ。おひとりさま一回ずつに願いたいもんだぜ」

大胆にも、彼はここで大きな欠伸《あくび》をしてみせた。それはすぐ、ベネッサにも伝染した。

「ん？」

ベレタスが背後の気配を感じてふり向いた。

ベネッサが眼を剝いた。

エマが立っていた。壕のドアは開いている。

「どうし……」

たの？　と洩らして、ベネッサは椅子の肘かけにもたれかかった。

「……何処へ？」

と言ったのを最後に、ベレタスもソファに全身を預けた。左手がソファから落ちた。


雨音だけが響く居間を出て、エマは玄関も抜けた。

降り注ぐ雨が、髪も衣裳も身体に貼りつけたが、前進は止まらなかった。

街道へ出た。

数キロ歩いた。

左右に荒野が広がった。

稲妻が閃き、果ても知れぬ大地の広がりを浮き上がらせた。

斜めに突き刺さった石棺も。

そのかたわらに男がひとり立っている。

篠つく雨にも、髪の毛一本濡れていないように見えた。男は右手を前方へ伸ばしていた。人さし指にした指輪の石が開き、青い煙が雨など無視して流れ出ている。エマの方へ。

「本来、雨は貴族の敵。だが、花嫁を迎えるとなれば、やはり柩を出なければなるまいて」

ヴラドルフ公が微笑した。新たな稲妻が、朱唇から洩れる二筋のきらめきを作った。

この時、六日目——運命の日。午前零時であった。

「出向くべきであったが、妻もあそこへ向かっておる。美しい御足《みあし》に泥はねをつけてしまったが、許されよ」

数キロの距離を雨中に流れる召喚の媚薬《びやく》とは、どのようなものか。エマの表情は恍惚としていた。

「そなたにのみ届くよう調合した〝招きの煙《えん》〟が届くのも、この距離が限度。だが、効果はあった。さ、来るがよい」

ヴラドルフが右腕を広げると、ケープも広がった。すでに精神《こころ》を失ったエマはためらいもなく、その内側《なか》へと進み、ケープがそれを隠した。

「さしあたっての我が住いへ」

ひとつになった影が石棺の方へ歩き出したとき——

「お待ちなさい」

確かに数メートルと離れていない、雨のみさんざめく大地の上で、凄愴《せいそう》なる女の声が上がったのだ。

「ナターシャか」

あわてもせず、むしろ受け入れていたようにつぶやいてから、ヴラドルフは、これも雨に打たれながら濡れてもいない妻をふり返った。

雷光一閃――ナターシャは黒いドレスをまとっていた。

「先刻、宇宙からの火矢にこの胸を射抜かれましたとき、私は考えました」

万物の血も凍るような響きが雨音を震わせた。

「そして、心を決めたのでございます。憎い憎い女――けれども、そのような下女に魂を奪われた公もまた憎い。かくなる上は、二人ともども討ち果たしてくれる、と」

「莫迦なことを」

ヴラドルフは吐き捨てた。

「この娘に惚れたのは、余の意志ばかりではないぞ、ナターシャよ。これは大いなる天命だ」

「天命――ほほ、おたわむれを」

「――でなければ、考えが及ばぬ。一千年前、柩に収まったとき、余はこの娘の顔も名前も知らなんだ。それが――」

「いつの間にか胸に食い入って来た、と？」

「そうだ」

夫の沈痛たる表情に、束の間、ナターシャも謹厳な面《おも》立ちを刷いて、しかし、即座に本来の憎しみと嘲侮の表情を取り戻した。

「すると、あなたさまは、誰かの介入によってその娘を想うようになったと仰《おつしや》るのですか？」

「そうだ」

とうなずき、ヴラドルフは、ふと狂気の宿る妻を見つめた。

ナターシャがひるんだ――ように見えたのは、夫の眼に悲哀を認めたせいかも知れなかった。

「何を見ていらっしゃる。おお、それは憐みの眼差しではございませぬか。ひょっとして――ひょっとして、この私もまた……？」

「おまえには、眼に見えるものがすべてであろう。娘も余もここにおる。さ、参れ」

ナターシャは顔を伏せ、すぐに上げた。ヴラドルフはエマの顔を胸に押しつけた。エマは意識を失った。全身が粟立っている。恐怖だ。恐怖のあまりだ。催眠状態にある精神さえ正気を失わせる――ナターシャの形相は悪鬼そのものであった。

「よおくわかりました。心得ました。その娘もあなたさまも永劫《えいごう》に私の敵であることが。いいえ、私たちがともに封じこめられたときからずっと」

ナターシャの歯はぎりぎりと鳴り、唇は血を噴いた。憎しみと怒りが嚙み切ったのである。血はドレスの胸もとも赤く染めた。

絶叫が天地を震わせた。否、それは咆哮であった。怒りと憎しみに狂った精神のみが上げ得る叫びだ。

ナターシャは走り出した。もはや身づくろいの気力も消失したか、その顔は雨に濡れている。涙だったのかも知れない。もはや、武器も使わぬ。術も振るわぬ。眼の前の二人をこの手で引き裂くだけが望みだと、顔の横にかざした両手の鉤爪の何たる不気味さか。

体勢を整える間もなく、彼はナターシャの叩きつける左手首を摑んだ。

ざっと肉が悲鳴を上げた。こちらは雨に濡れぬまま、代わりに真紅の筋が五本——こめかみから顎へと伝わっていった。

「おのれ」

新たな右手の一撃に肉が裂け、血が飛んだ。

「おのれ　おのれ　おのれ」

妻の手が動くたびに、夫の顔は失われていった。

街道をサイボーグ馬に乗ったDが走って来た。

降りしきる雨の壁の向うに、石棺と二つの影が見えた。

一気に駆った——はずの馬が突如、障害物にでも当たったように跳ね上がった。それを見事に後退させてのけたのも、Dならではだ。

彼は、前方に立つ黒い人影を見つめた。一瞬、凄絶な光が瞳を満たしすっと消えた。人影の放つ「気」のせいであった。

「この一件は——おまえのせいか？」

とDは訊いた。

返事はあった。声なのか、脳へ直接語りかけて来たのかはわからない。

逆臣よ。それだけだ

「何故、人間を巻きこむ？」

可能性のひとつ故に

影の頭上に魔鳥が躍った。

着地と同時に、Ｄは影の頭頂から股間までを斬り下ろしていた。

雨音だけが残った。

一刀を背に戻し、Ｄはサイボーグ馬をその場に残し、自ら死闘の現場へと走った。

「気が済んだか？」

ヴラドルフが訊いた。その顔の半分は血肉の破片と化して足下に落ちている。

「ええ――やっと。怨む相手が別だとわかりました。――ですが、手を離してはいけません。頭では理解しても精神《こころ》は別でございます」

「まだ闘《や》るか？」

「いかようにも」

ナターシャは摑まれた左手を思いきり引いた。

手首から先はヴラドルフの拳の中に残った。夫もまた怒りに身を灼いていたのだった。

ナターシャが数歩退《しりぞ》き、夫婦は血の糸につながれて対峙《たいじ》した。

3

だが、決着はつかなかった。ナターシャの手首から流れ出る血は、貴族の復活力をもってしても止まらなかったのである。血は大地を叩き、稲妻のかがやきの中で、白い美貌はさらに色を失っていった。

「多分、おまえは一生涯、余の敵となることを望むであろう。禍根は残す前に断っておくべきだ」

ヴラドルフは、摑んだままの妻の隻腕《せきわん》をひとふりした。五指は真っすぐに伸びた。一〇センチを超すその黒い爪ごとに。

びゅっと風を切る音が、肉に食いこむ鋭く重い命中音と化した。

ヴラドルフ公の投げたナターシャの腕は、その持ち主の心臓を貫通して、背まで抜けたのであった。

「おまえを斃せる者はない。おまえ以外には、な」

「おお、よくも……よくもそのような心なき真似を……。自らのご意志で愛したわけでもない相手のために……お怨み……申しますぞ……私は……まだ……」

雷鳴とは別の轟きが弾けた。飛来した弾丸の標的が、ヴラドルフだったかどうかはわからない。受けたのはケープであった。その下から切なげな苦鳴が雨音に混じった。

「おのれ⁉」

怒りで天地を押しつぶすような低声を放ったのは、ヴラドルフの方であった。

彼は一〇メートルほど先で雨に滲む、いまのいままでそこにいなかった人影を見た。

ルークであった。ナターシャに命じられてここへやって来たのだ。

火薬銃の二発目を彼は放とうとした。

そして、のけぞったのである。

莫迦野郎という叫びは、それからした。

背後から彼を刺した男は、ナターシャの異空間から、その呪縛が解けた刹那に帰還したデレクであった。

ルークを突きとばすと、あるはずのない光景を前に、彼は呆然と立ちすくんだ。

ナターシャはすでに消えている。

ヴラドルフはその場にエマを横たえた。ルークの弾丸はその白い胸を貫いていたのだった。

「莫迦野郎」

気を取り直すと、憎悪が再燃した。倒れたルークを蹴りつけて喚いた。

「おれたちは、おれたちは――何のために」

声は雨音に消えた。

ヴラドルフはエマを見下ろして、静かに言った。

「余にも助けられぬ。ただし、我が花嫁よ、残された方法がひとつある」

エマが、うっすらと眼を開いた。

「嫌です……やめて……」

「だが、他に手はないのだ、我が花嫁」

「嫌です……私は……人間《ひと》のまま……で……」

眼が閉じられた。ヴラドルフはその身体を紙のように易々と抱き上げて、石棺の方へと進んだ。

左方から鉄蹄の響きが近づいて来た。ちら、とそちらを見て、

「――遅かったぞ、Dよ」

その前で石棺の蓋が開《スライド》いした。

大きめだが、確かに単なる石の柩だ。それなのに、内部《なか》に下りる階段が闇の下へと続いている。

軽く地を蹴っただけで、ヴラドルフとエマはその内部へ消えた。蓋が閉まった。

Dがその場へ到着するまでは数秒を要した。

「――実はよ……」

デレクが話し出そうとするのを無視して、Dは石棺に近づいた。

左手を蓋の上に置く。

二〇秒ほどが過ぎた。デレクが眼を剝いた。

蓋が滑りはじめたのだ。

半分も行かぬうちにDが身を躍らせた。

階段を下りると、暗黒の中に二人が浮かんでいた。

肘かけ椅子にかけたエマをヴラドルフが見下ろしている。

永遠の暗黒に閉ざされた恋人か夫婦のようだ。

「心を映しているか？」

嗄れ声が訊いた。

答えはない。

「来たか」

とヴラドルフが言った。

「殺すには忍びなかった――わかってくれとは言わぬ」

「貴族に加わったか？」

Dの眼はエマの首すじを流れる二本の血の筋に吸いついた。

「ここに留め置くか？」

とDが訊いた。

「いや。貴族となっても、余と二人――時間の流れぬ暗黒に暮らすのは不憫であろう。家に戻す」

「その娘を甦せとの依頼は受けていない。だが、おまえは」

「わかっておる。我が花嫁の――」

ここで両眼に哀切な光を宿らせて、

「――この娘の世すぎの仕度を終えるまで。後は心おきなく」

Dは黙って背を向けた。

「感謝するぞ」

返事はやはりない。


Dとデレクがエマの家へ戻ったとき、すでに居間には石棺が置かれ、ソファに横たわるエマのかたわらにこれも意識を失ったベネッサが倒れ、ヴラドルフは、仕事に取りかかっていた。

手にした半透明の布を窓に放ると、それはカーテンの上にぴたりと重なった。

すべての窓に同じ処置を行い、

「上の階もすべて貼り巡らせた。二度と陽光がこの家の中にさしこむことはない。風も火も、そして人間も弾丸もな」

Dの肩越しに玄関を眺め、

「鍵にもすべて対処した。最後のひとりがここを出たら、ドアは二度と開かぬ。この娘は時が果つるその日まで、この屋敷の薄闇の中で、静かに生涯を送るだろう」

「何もかも手遅れだってわけか」

デレクが暖炉脇の壁にもたれた。退避壕は影も形もない。ヴラドルフが処分したのであろう。

「やれやれ、何のために——なあ、ルークよ、ベレタスよ？」

もうひとつのソファに横たわるベレタスは答えなかった。

「Dよ」

と作業を終えたらしいヴラドルフが呼びかけた。

「さっきの荒野で、余はおまえにもっと早く会えるような気がしていた。何故、遅れた？」

「影を見た」

とDは応じた。

「影を？　何者の？」

「幻だったかも知れん」

「余を疎《うと》んだ者か、いや、御方か？　余ですら拝顔の栄に浴したことはない。Dよ——おまえは何者だ？」

「用事は済んだか？」

「感謝する」

Dは玄関の方を見た。ヴラドルフはうなずいた。

先にDが歩き出した。後に続くヴラドルフの背後から、

「おい、勝手に進めるな。おれたちも行くぜ」

と言うデレクの声が追って来た。

四人は裏庭で対峙した。

「まず、おれたちからだ」

とデレクが宣言した。

「ベレタスは怪我人だが、ハンデはいらん」

「おまえたちの仕事は、余を斃すことか？」

「いいや、エマのガードよ」

「なら、仕事は終わった。去れ」

「ここまで来て、そうはいかねえんだ。おれたちに後足で砂を引っかけた奴をしばき倒すまではな」

彼は両手を肩の高さに上げた。自身の顔を持つ粗い作りの人形を握っているのは言うまでもない。

〝山彦デレク〟

その名の意味をヴラドルフは知る由もない。デレク本人への攻撃は人形が受け止め、人形に

加えられた責めは、加えた当人に返って来る。

人形が襲いかかったのは、霧の経路と同じだ。ひとつはヴラドルフの首すじに噛みついたが、ひとつは叩き落とされた。

ヴラドルフはよろめいた。彼の拳は人形と等しい打撃を自らの顔面に加えたのである。首すじに食らいついた人形の口からも鮮血が溢れ出た。

「一矢《いっし》は報いたの」

嗄れ声が言った。

自由を失った身体を二本の鉄矢が貫いた。間髪入れず青白い光が矢と天空をつないだ。

血まみれのヴラドルフを黒煙が包んだ。覆いようのない苦鳴は確かにヴラドルフのものであった。

ベレタスの弓が招いた落雷では無論あるまいが、これを運とすれば、彼は戦いの女神に愛されていたというしかない。

愛の終わりは即刻であった。

舞い上がる黒煙のただ中から、二条の光が迸って、戦士たちの喉を貫通してのけたのである。光は、少し離れた庭木をも貫いた。その背後からデレクがよろめき出た。〝分身の術〟は見抜かれていたのである。

一回転して地上へ倒れる寸前、デレクは居間の方に身をよじって何かつぶやいた。こと切れ

た身体の上で、嗄れ声が、

「エマ、と言ったかの」

返事は雨音のみだ。

「来るがいい」

とヴラドルフが誘った。

「少し待て」

Dの言葉は、その直後に生じた出来事を予測したゆえではなかった。

玄関からベネッサが顔を覗かせたのだ。ベネッサの衣裳を着けたナターシャが。

「この扉を閉めれば、二度と開かぬと仰いましたわね。私はまだ滅びぬと申し上げたとおり」

そちらへ踏み出そうとする二人の前で、ドアは閉じられた。

「あの女に憑いたか。あ奴を甘く見過ぎておったわ」

ヴラドルフは歯噛みをした。

焦りと怒りと恐怖が交錯するその顔を見て、

「ほう、愛しておったか」

嗄れ声である。

Dは玄関のドアノブを摑んだ。

「無駄だ。かけた術は〈ご神祖〉譲りだ。彼以外、誰にも解けはせぬ」

その悲痛な声が終わらぬうちに、カチリと鳴った。

「まさか……Dよ——おまえは何者だ？」

さっき洩らした言葉をまた繰り返すヴラドルフを尻目に、Dは内部《なか》へととびこんだ。

居間の真ん中で、二人の女が揉み合っていた。

「よせ」

とヴラドルフに告げて、Dは風を巻いて走った。

「迷路へ入れ」

ナターシャの口が開くと、白い霧が吐き出された。

それは音をたててDの左手の平に吸いこまれた。

「おまえは——⁉」

かっと恐怖の眼を剝いたナターシャの額に左手が吸いついた。

エマを離し、ナターシャはそれをふりほどこうとしたが、鉄の腕はびくともしなかった。

ナターシャの右手が短剣を握ってDの胸を刺した。刃が届く寸前に手首を捉え、軽くひねると、腕は肩から脱臼した。

「おのれ、おのれ。夫以外にも。私をこのような目に遇わし得るものがいたか」

苦痛の表情が、すうと別の——ベネッサの顔に変わっていった。見たものすべてが石に変わりそうな断末魔の顔から、Dは眼を離さなかった。

「おのれ　おのれ」

この叫びを最後に、鬼女の顔は平凡な女のそれに溶けた。

ベネッサをソファへ横たえたDへ、

「妻は逝《い》った」

とヴラドルフは宣言した。

白い部屋の中に沈黙がひっそりと降りて来た。

「まだ戦われるのですか？」

とエマが訊いた。

「お願いです。おやめ下さい」

彼女はDを見ていた。その眼から涙が溢れ出した。

「我が恋は終わりぬ、か」

とヴラドルフが言った。静かで力強い声であった。

「余を甦らせた者の意図——それとは別の想いを抱いたものを」

Dはドアへと向かった。

二人は改めて裏庭で向かい合った。かたわらにデレクとベレタスの死体が雨に打たれている。

ヴラドルフが走った。Dもまた。

二つの影がひとつに溶け合ったとき、片方の背から長い刃《やいば》が生えていた。

ひと言も残さず、ヴラドルフは塵と化した。地面にわだかまった灰色のそれを、雨が叩き、やがて流し去った。

「死ぬ気であったな」

左手の声に、Ｄはやはり答えなかった。

デレクたちの死体を担いで玄関へ戻ると、エマが戸口に立っていた。両腕にベネッサを抱いている。

「お世話になりっ放しだったわ。せめて、何事もなく人間の世界へ帰してあげられます」

二つの死体を彼らのサイボーグ馬に乗せ、Ｄはエマからベネッサを受け取り、自分のサイボーグ馬に乗せた。

「ありがとうございました」

エマの口もとからちらりと鋭い歯先が見えた。

「礼はヴラドルフに言うがいい。いや、ここで死んだ男たちに」

何の感情も含まぬ声であった。サイボーグ馬にまたがり、街道へと向かう間、Ｄはふり返りもしなかった。

その姿が雨の中に消えるまで見送り、エマは静かにドアを閉めた。二度と開かぬドアであった。

白い瀟洒《しょうしゃ》な家は、いまも〈辺境〉の小さな村の外れにひっそりと建っている。

何度か村長をはじめとする村人たちが訪れたが、応える者はおらず、どのような手段を使っても、ドアノブひとつ動かせなかった。

その前を通りかかる旅人が、時折、白いカーテンの向うにゆらめく影を見かけたというが、確かめた者はない。

時が経ち、年老《ふ》りても家は少しも変わらず、ひそやかな美しさを保ちつづけている。

村人たちとは別に、ひとりの女が何度かそこを訪れ、女主人の名前を呼んではみたが、やはり答えはなく、やがて、訪問もやんだ。

『D—黒い来訪者』(完)

あとがき

久方ぶりの「D」をお送りします。

ひっそりと〈辺境〉の村外れに生きる娘に、貴族やDはどう関わっていくのか。この「あとがき」を先に読んでる方は、どうぞお楽しみに。読み終えてから眼を通している方は、内緒だぜ。

年内――かどうかぎりぎりのタイミングですが、二冊目の絵本が出版されます。

タイトルは『城の少年』。

吸血はされたけれど、貴族にはなり切っていない少年を主人公にした物語で、Naffyさんの作画が痺れるほど美しい。抑えに抑えた渋い色調が、これほどの効果を上げるとは、夢にも思いませんでした。特に花火の情景、震えが来ますぜ。

この物語《ストーリー》、実はDシリーズの『ひねくれた貴公子』のラストをスピンオフしたものなのです。

あれにどう手を加え、何を残したか、興味ある方は出版をお待ち下さいませ。

すでに四半世紀を経過した「D」のハリウッド映画化ですが、ストーリー・ラインも送られて来て、おっいよいよ、としあわせでしたら、昨年末にプロデューサー氏が急死。あらーと口ぱくのところへ、プロデューサーの弟氏が、

「兄の遺志を継いで、ちゃんとやる」

とのことで、やっと元に戻りました。亡くなったプロデューサー氏、好人物のマフィアみたいな楽しいおっさんでした。ご冥福を祈ります。映画化は――うーむ、あと数年ですかね。

一方、Ｄのアニメ化については目下不明であります。進んではいるようですが。

もひとつ実は、私はクトゥルー神話（ご存知ですよね）の書き手でもありますが、実は前から児童ものを考えておりまして、このたび、ＧＯ発進となりました。イラストは、じゃーん、あの（お笑い）青春小説の大名作『外谷さん無礼帳』の芳井一味先生。小学生のクトゥルー――ことクトゥル君が、真面目に学生生活を送りながら、地球征服の勉強に励んでいるという設定で、宿敵ヨグ＝ソトトや、宇宙の涯てで眠りこけながら悪態ばかりついている邪神たちの王――アザトーヤ（一説ではアザトース乃至アザトホースですが、どちらも間違い。末尾はヤが正しいらしいです）が同窓生としてレギュラー出演いたします。邪神小学生の三つ巴の戦いは必見。爆笑必至（だと思う）。乞ご期待。

なお、出版時期は未定のため、書店への問い合わせはご遠慮下さい。

広がりまくる「Ｄ」と菊地版クトゥルー神話の世界。ご期待ですよ――。

二〇一九年四月末近く
「真木栗ノ穴」（07）を観ながら

菊地秀行

吸血鬼《バンパイア》ハンター35
D－黒《くろ》い来訪者《らいほうしや》

朝日文庫
ソノラマセレクション

2019年6月30日　第1刷発行

著　　者　菊地秀行《きくちひでゆき》

発 行 者　三宮博信
発 行 所　朝日新聞出版
〒104-8011　東京都中央区築地5-3-2
電話　03-5541-8832（編集）
03-5540-7793（販売）
印刷製本　株式会社 光邦

Published in Japan by Asahi Shimbun Publications Inc.
定価はカバーに表示してあります

ISBN978-4-02-264924-9

落丁·乱丁の場合は弊社業務部（電話03-5540-7800）へご連絡ください。
送料弊社負担にてお取り替えいたします。

菊地　秀行
吸血鬼《バンパイア》ハンター24　D―貴族戦線《きぞくせんせん》

人間への技術供与と引き換えに生贄を要求した貴族＝吸血鬼の抹殺を依頼されたDは、〈神祖〉がかつて謎めいた実験を行った奇怪な城へと向かう。

菊地　秀行
吸血鬼《バンパイア》ハンター25　D―黄金魔《おうごんま》［上］

今度のDの依頼主は、貴族から借金を取り立てるから護衛しろという謎の老人。しかも彼は、五〇年前に〈神祖〉に会ったことがあるというが……？

菊地　秀行
吸血鬼《バンパイア》ハンター25　D―黄金魔《おうごんま》［下］

〈神祖〉に愛されたという大物貴族は、自分の娘を借金の利息として差し出すことに同意していた。しかし、その娘というのは!?　〈黄金魔〉編、完結。

菊地　秀行
吸血鬼《バンパイア》ハンター26　D―シルビアの還る道

貴族の城から暇を出された娘・シルビアを故郷まで護衛することになったD。なぜなら、シルビアを連れ戻そうと追って来る貴族がいたからだ。

菊地　秀行／イラスト・天野　喜孝
吸血鬼《バンパイア》ハンター27　D―貴族祭

貴族の入った石棺を運んでいる輸送団が妖物に襲われていたのを救ったDは、そのまま彼らの護衛を引き受けることになるのだが……？

菊地　秀行
吸血鬼《バンパイア》ハンター28　D―夜会煉獄《れんごく》

〈貴族祭〉の行われる村に貴族の石棺を無事に届けたDたちだったが、そこで新たな刺客に狙われることになって……？　孤高の戦士の戦いは続く！

夢枕 獏

宿神 第一巻

のちの西行こと佐藤義清と平清盛。若き二人の運命は、謎の存在に窮地を救われた時から大きく狂い始める……。巨匠が描く大河絵巻、開巻！

夢枕 獏

宿神 第二巻

待賢門院への許されぬ恋に苦悩する義清。そして、鳥羽上皇の御前で一首の歌を詠んだことをきっかけに、ついにある決意をする。

夢枕 獏

宿神 第三巻

高野山に入り、申の導きで再び宿神と出会った西行はついに、鰍の弔いを果たした。一方、平清盛は己の野望にまた一歩近づいていく……。

夢枕 獏

宿神 第四巻

たび重なる乱の果てに生き残った西行。華やかな時代を看取るべく、歌に生きるのだった……。巨匠が描く大河絵巻、ここに完結。《解説・末國善己》

夏見 正隆

ダンシング・ウィズ・トムキャット

防衛大学校四年生の藍羽祥子は、日本政府がアメリカから買い取ったF14トムキャットに搭乗し尖閣諸島に向かった！ そこで彼女が見たものは？

小川 一水

砂星《すなぼし》からの訪問者《フィーリアン》

カメラマンの旅人が乗り組んだ宇宙調査艦がエイリアンと交戦状態に。彼らの真の狙いは？ 情報力と戦闘力が直結する戦いが幕を開ける！